幼なじみが
極上御曹司に
キャラ変して
熱
愛
してきました

目　次

イラスト／芦原モカ

「はっ……、あ……っ」
いつの間にかキスは終わっていて、誉士は私の首筋に顔を埋め、
たまに強く吸い上げたり、チュッと音を立ててキスをしたりを繰り返している。
しかしそれよりも、胸への愛撫が気になって思考が定まらない。

幼なじみが極上御曹司にキャラ変して熱烈求愛してきました

加地アヤメ

Vanilla文庫 Miel

第一章　再会した幼なじみは……

普段平日休みの私が、かなり久しぶりに休みを取ったある日曜日の昼。私は繁華街にあるお気に入りのカフェにいた。

ナチュラルテイストの店内は観葉植物や壁にドライフラワーなどをあしらい、女性好みの落ち着いた空間となっている。実際、今この店にいる八割は女性客だ。

そのナチュラル志向は内装だけでなく、ランチに使用しているライスにも玄米や十穀米を使用したり、オーガニック野菜を使用した料理が多い。

少し前にこの店のことを友人から教えてもらい、以来ここはお気に入りの場所になり、たまの休みにはふらりと一人でランチを食べに来ることもある。

その店で私が大好きなカフェラテを飲んでいたとき、全く予期していなかった出来事が起こった。

「捺生《なつき》。結婚しよう」

突然すぎるプロポーズに頭が追いつかず、ぽかんとしてしまう。

——なんで？

きっとこれが付き合っている彼氏に言われたのならば、即プロポーズを受け入れ、一生に一度の感動的な場面となるのだろう。

しかし、私とこの人物との関係はそういうのとちょっと違う。なんせ目の前にいるのは、数年前に別れて以来会うことのなかった相手。

数日前に突然「頼むから会ってくれ」と言われ、久しぶりに再会した元彼だからだ。

喜ぶ喜ばないの前に、なんで会っていきなりそういう話が出るのかがわからない。

「あの……なんでそうなるの？　私たち、さっき再会したばかりだよね？」

大好きなカフェラテのカップをソーサーに置き、改めて尋ねた。おいしいはずのカフェラテの味も、今はよく味わえない。

「そうだけど、でも捺生、今付き合ってる男いないんだろ？　だったらまた付き合おうぜ。そんで結婚しよう」

あっけらかんとこう言って、コーヒーカップを口に付けているこの男の名は、澤井《さわい》久司《ひさし》。

年齢は私と同じ二十七歳で、同じ大学の同級生だった。彼は今、自分が突拍子もないことを言っているとは微塵《みじん》も思っていない様子だ。

——そうだった……この人、こういう人だった……

だんだん昔のことを思い出してきた。

元彼の澤井久司は今聞いたところによると、国内では大手と言われる食品メーカーの販売促進部に勤務している……らしい。

澤井君は高身長で顔立ちもわりと整っているので、女性にはモテる方かもしれない。かくいう私も学生時代、この男に猛アプローチされ外見の爽やかさにつられ軽い気持ちで付き合い始めたという経緯がある。

しかし。付き合ってたった二ヶ月で、いきなり向こうから別れを告げられる、という苦い経験をさせられたのだ。

振られてからしばらくの間、あの猛アプローチはいったいなんだったの⁇　と困惑と落胆の日々を送っていた私。しかし時間が経過するごとにショックは薄れ、澤井君のことなど全く思い出さなくなっていた。

それが約五年後の先日。私の携帯電話の番号が付き合っていたときと同じだったこともあり、澤井君から電話がかかってきたのだ。

見覚えのない番号に首を傾《かし》げつつ、うっかり電話に出てしまったら、なんと相手は澤井君。驚きながらも社交辞令のような対応でどうにかやり過ごしたのに、そこから毎日のように電話がかかってくるようになってしまった。

『頼む。会ってくれないか』

懇願されても幾度となく断った。にも拘《かか》わらず、全く諦めてくれない元彼にほとほと困り果て、一度会えば気が済むだろうと渋々会うことを決めた。そしたら、いきなりこれ。

私は心の中で思い切り頭を抱えた。

「あのね……澤井君」

「おう」

澤井君は、ニコニコしながら私の言葉を待っている。その様子に、自然とため息が漏れてしまう。

「五年前のこと覚えてる？　あなた、付き合って二ヶ月で、なんの前触れもなく突然『なんか思ってたのと違う』って私を振ったんだよ？　それを忘れたわけじゃないよね？」

すると、彼は意外なことにあっさりと「忘れてない」と認めた。

「忘れてないけどさ、この前偶然テレビを観《み》ていたら、グルメ番組にお前が出てて。数年ぶりに捺生を見てなんていうのかなあ……懐かしさとかいろんな感情が溢《あふ》れてきて、会いたくてたまらなくなっちゃったわけ。それに捺生、昔よりかなり綺麗になってたしさ」

綺麗になった、と言われるのは嫌ではないが、澤井君に言われてもあまり嬉《うれ》しくない。

「テレビって……あれでしょ？　ゴールデンタイムの番組で勤務先が紹介されたやつ。私、ちょこっとしか出てないのによく見つけたわね……」

言葉に尽くせぬ驚きで、またため息を零《こぼ》す。

澤井君が私を見たのは多分、少し前にオンエアされたロケ番組だろう。

私が勤務する飲食店にグルメリポーターがやってきて、店で人気のあるメニューをランキング形式で発表していくというもの。

そこで店のスタッフである私が、食事をするタレントさんの横で料理の説明をしていたため、オンエア中何回かテレビに映り込んだのだ。

時間にするとほんのわずかなのに、まさかそれを見た澤井君が連絡をくれることになるとは……人生、なにがあるかわからないものだ。

「すごいだろ？　捺生だってわかった瞬間はなんか運命的だった。あ、やっぱり俺には捺生しかいない！　って思ったんだよ。……で、返事は？　できれば早く欲しいんだけど」

「欲しいんだけどって、そんな急に……そもそも私、今あなたのこと一ミリも好きじゃないからね？」

呆《あき》れながら返事をしたら、間髪容《い》れず「どうして⁉」と返ってきた。

「どこに悩む要素があるっていうんだ⁉　大手企業勤務で外見だってそこそこいいのに。それにほら、俺次男だから親と同居もしなくていいんだぜ？　結婚相手としては良い条件が揃《そろ》ってると思わないか？」

自分に親指を向け微笑《ほほえ》む澤井君に、私は今思っていることをはっきり言う。

「思わないし、自分で言わないでよそれ……興ざめ。……五年経《た》ってもやけに自分に自信あるところとか変わってないね、澤井君。そういうところが私、好きじゃないわ」

「好きじゃない……⁉　なんでだ」

「なんでも。話はそれだけでしょ？　じゃあ、私もう行くから。多分もう連絡することもないから、澤井君のスマホに残ってる電話番号は消しておいてくれる？」

椅子から立ち上がると、澤井君の顔が不快そうに歪《ゆが》んだのが視界に入った。

「なんだよ、素っ気ないな」

「あなたとの結婚はありえませんので、この話は終わりです」

この人に奢《おご》られるのは嫌。私がテーブルの上の伝票を持ってレジに向かうと、背後から澤井君の声が聞こえてきた。

「捺生‼　また連絡するからな‼」

店内に響くでかい声にイラッとした。

——マジでやめてください……

手早く会計を済ませ、澤井君の方は見ないままさっさと店を出た。その瞬間どっと疲れがこみ上げてきた。

人生で初めてプロポーズされたのに、気分は最悪だ。こんなことなら、どんなにしつこくされようが会うのを承諾するんじゃなかった。

──しつこいぐらい会って欲しい、だなんていうから、もしかしたら過去のことを謝ってくれるのかな、なんてちらっと考えた私が馬鹿だった……

それどころかプロポーズしてくるなんて。ほんと、あの人は別れたときからなにも変わっていない。

表向き爽やかで社交的がゆえ、澤井君は友人も多かったように記憶している。対する私はサークル活動も在籍のみで活動はほぼナシ。授業が終わればまっすぐアルバイトに向かうような学生だった。言ってみれば、私と澤井君は全く違うタイプの学生だったのである。

告白されたときは驚いたけど、目立っていた澤井君が自分のことを気に入ってくれたことが嬉しくて、反射的にOKの返事をした。

そこから別れるまでの二ヶ月間は、それなりに楽しかった。遊園地やテーマパークへ行く定番のデートもしたし、初めてのお泊まりもした。ちなみに初体験はチャレンジしたことはあったものの、緊張のあまりお酒を飲み過ぎた私が寝てしまい、未遂に終わった。

そのときは寝てしまった自分を悔いたけど、振られたときにつくづく思った。彼に処女を捧《ささ》げなくてよかったと。

──でなきゃきっと私、一生後悔したかもしれないし。今思えば超ラッキーだった……

お陰で二十七歳にもなって未《いま》だ処女のままだが、そのことはあまり気にしていない。仕事もやりがいがあって楽しいし、あの澤井君とよりを戻すほど恋愛がしたいわけじゃない。

せっかくの休日が彼のお陰で気分の悪いものになり、私はモヤモヤしながら帰宅することになったのだった。


私が住んでいるのは生まれたときからずっと、両親と弟と住む実家である。

二十数年前に宅地として売り出されたこの地域は、最寄り駅からは徒歩十分ほどの場所にある閑静な住宅街だ。私が小学校に上がる前に家を新築し引っ越してきて以来、周囲の家とも関係は良好で環境は申し分ない。

お陰で実家を出ようという気が起きないまま私——角間《かどま》捺生は、二十七歳になった現在も実家住まいである。

親からは一度くらい一人暮らししてみたら？　と、何度か家を出ることを勧められたのだが、居心地が良すぎて出るに出られないのだ。

両親や弟との関係も問題ない。それに職場にも公共交通機関で二駅なので近い。となるとやはり家を出るという気持ちにはなれないのだった。

——でも、親に頼りっきりになるのはまずいから、なるべく自分のことは自分でするようにはしているんだけどね……生活費も入れているし、洗濯も自分のものは自分でしている。さすがにそれぐらいはしないと。

実家の存在をありがたく思っていると、いつの間にか家に到着した。

玄関に向かうアプローチ部分を歩いているとき、不意に隣の敷地から音がして、反射的に我が家の植木の向こうにあるお宅に目が行ってしまう。

「……お隣……？」

ごくごく一般的な広さの我が家と違い、隣はうちが家を建てる前から存在していた豪邸だ。元々、うちが建っているこの土地も、お隣さんの持ち物だったらしい。

昔、その家には私より年下の男の子がいるご家族が住んでいた。

隣という縁もあり、そのご家族とは家族ぐるみでよいお付き合いをしていた記憶がある。でもその家族は私が中学生になる前、どこかに引っ越してしまった。

それ以来、お隣の豪邸は主のいない状態が続いていたのである。

――誰か引っ越してきたのかな……？　それとも、ついに処分とか……？

子供の頃何度かお邪魔したことがあるが、敷地同様大きなご自宅は立派な木造の日本宅屋だった。部屋数もかなりあり、床の間には高価そうな掛け軸や壺《つぼ》などの美術品が置かれ、子供の私でもきっとこれらは高価なものに違いない、と目を引いた。

しかもお茶の時間になると、その家の奥様が焼いた美味《おい》しいお菓子を出してくれた。我が家では絶対出てこないような、上品なお菓子に何度も衝撃を受けたことをよく覚えている。

つまり、お隣は絵に描いたようなお金持ちの家だったのだ。

そんな思い出が詰まったお宅がもし取り壊されるとしたら、それは残念でならない。

さみしい気持ちで隣にちらっと視線を送ったものの、お隣の様子は我が家の二階部分まで届きそうな背の高い木に遮られ、なにも見えない。

——壊しちゃうのかな……？　だとしたらもったいないなあ……

一抹の寂しさを覚えながら、私は家の中に入ったのだった。


お隣に動きがあってから数日後。

仕事を終え夜の七時頃帰宅すると、玄関に見慣れない靴が二足並んでいた。

一つは女性ものの落ち着いた色味のパンプス。もう一つは男性のものと思われる、夏に履くような大きなサンダル。

——お客さん……？

初めて見る靴に誰だろう？　と疑問を抱きつつ耳を澄ます。奥のリビングから聞こえるのは、なにやら楽しそうな笑い声や話し声だった。

誰なんだろうと思いながら、リビングと接しているキッチンダイニングに向かう。そこから様子を窺おうとしたら、私に気がついた母がリビングから声を掛けてきた。

「捺生ー？　帰ってきたの？」

「うん」

「お客様がいらしているから、ちょっとこっちにいらっしゃい」

――呼ぶってことは、私が知っている人ってこと？

未だ誰なのか全くピンとこないまま、リビングに移動する。リビングでは向かい合わせに置いてあるソファーに見慣れない人たちが座っていた。一人は年配の女性。背筋を伸ばして座るその姿勢は美しく、綺麗に整えられたショートヘアが上品さを後押ししている。

その顔にはおぼろげながら見覚えがあった。

「……こ、古寺《こでら》さん……？」

古寺さんというのは、昔我が家の隣に住んでいたご家族の名前だ。その隣の家とは、先日物音がしていたあの大きな家のことである。

恐る恐る名前を口にすると、女性が当たり。と言わんばかりに微笑んだ。

「捺生ちゃん、久しぶりね‼　すっかり綺麗なお姉さんになって……ねえ、誉士《たかし》」

――たかし。……たかし⁉

古寺のおば様が名前を呼び目を合わせたのは、隣に座る男性。たかし、という名には聞き覚えがある。というか、あるどころじゃない。

「たかし、て……あの誉士君？」

私が知っている誉士君は、天使みたいに可愛《かわい》くていつもにこにこしている男の子だった。

小学校の頃、朝一緒に登校していたこともあるし、学校で会えば声をかけるくらい親しくしていた男の子だ。

でも、今、私の目の前にいるのは、長い足を投げ出してソファーに腰を下ろし、骨張った手を膝の辺りで組んでいるシュッとしたイケメン。

よくよく見ると子供の頃の面影はあるが、はっきりいって可愛いなんて言ったら失礼にあたるくらい、大人の男性だった。

私は仕事帰りだが今日は日曜なので、誉士君は休日なのだろう。服はダークカラーの長袖シャツとデニムで、ふわっとした柔らかそうな髪はおそらく洗いざらし。前髪は軽く目にかかるくらいの長さで、隙間から覗《のぞ》く目は綺麗なアーモンドアイ。

じっと見ているとこっちがドキドキしてしまうくらい、綺麗な顔だった。

うっかり名前を呼んでしまったが、もし相手が私のことを覚えてなかったらどうしよう、と不安になる。でも、そんな心配は無用だった。

「はい。お久しぶりです、捺生ちゃん」

ふわっと柔らかく微笑んだ顔は、やっぱり誉士君だ。

それに名前を覚えていてくれたことが嬉しくて、こっちまで笑顔になる。

「わ……な、懐かしい……何年ぶりだろう。すっかり大人になっちゃったね、お互い」

「ははっ。本当だね」

私が言ったことに反応して笑う誉士君に、胸の辺りがほっこりする。

昔のことを思い出して、懐かしさのあまり子供に還《かえ》ったような気持ちになる。

「捺生、もしよかったら誉士君と別の部屋で話してきなさいよ。誉士君、きっと私たちの思い出話に付き合うのは大変だっただろうし。捺生とのほうが楽しいでしょう?」

私たちのやりとりを見ていた母が、多分気を利かせてくれたのだろう。二人になることを提案してくれた。

「いえ、そんなことは……」

謙遜する誉士君だけど、母たちのトークに交ざるのはきっと難しかったんじゃないだろうか。私がもし彼の立場だったら、さっさと理由を付けてこの場から去っていると思う。

「うん、そうだね。誉士君、もしよかったら私の部屋に行かない?　そっちで話そうか」

私が誘うと、誉士君が一瞬だけ驚いたように目を丸くした。でもすぐ笑顔になった。

「じゃあ、お言葉に甘えようかな」

「どうぞどうぞ。じゃ、おば様、失礼します」

「はーい。ありがとね捺生ちゃん。愚息をよろしく」

どこが愚息なんだか。と思いつつ、笑顔でおば様に会釈した。

笑顔で私たちを見送ってくれた母たちは、私と誉士君がリビングを出た途端、おしゃべりを再開させていた。

すぐに聞こえてきた話し声に苦笑しながら、私は誉士君を二階へ案内する。

「誉士君、どれくらいの間二人の話に付き合ってたの？　ついていくの大変だったんじゃない？」

何気なく後ろを振り返ると、すぐ後ろにいた誉士君の大きさに驚いて、ビクッとしてしまった。なんせ、身長が百六十近くある私よりも目線は明らかに二十センチ以上高かったから。

――誉士君、大きくなった……‼

昔は私よりも小さかった誉士君がこんなに大きくなって、と衝撃を受けた。まるで親戚のおばちゃんになったような気持ちだ。

「いや、まだ二十分くらい。でも、正直捺生ちゃんが来てくれてよかったよ。あのままずっと盛り上がっている二人の話を聞き続けるのはなかなかしんどかった」

彼の話にクスッとする。

「お疲れさま。よかったら私の部屋でのんびりしてって」

階段を上り、二階にある自分の部屋に誉士君を招き入れた。

私物をその辺にポンポン置いていたり、散らかっていたらさすがに誉士君であろうと若い男性を部屋に入れることなどできない。しかし、最近ミニマリストのブログを読んでいるせいか、私の部屋は自分でもびっくりするくらい無駄なものがない。

ブログに刺激を受け、すぐには必要ないものを捨てまくった結果、物が少ないすっきりした部屋になったのである。

「どうぞ。どこでもいいから適当に座って？」

六畳ほどの広さの部屋の中にはパソコンデスクと椅子、壁側にシングルサイズのベッド。

誉士君は部屋の真ん中に立ち、キョロキョロと周囲を見回していた。

「すっきりしてるね。捺生ちゃん、本当にここで生活してるの？」

「もちろん。前はもっと物が多かったんだけど、いらないものを捨てまくったらこうなったの」

「ふうん……でも、いいね。俺も引っ越しで物の多さに辟易《へきえき》したから、こういうシンプルな部屋は憧れだな」

誉士君がパソコンデスクに手を置き、私に微笑みかける。

「家族からは物がなさ過ぎって言われるんだけどね……でも、慣れると快適だよ。掃除も楽だし」

「そうだよなあ……俺ももっと片付けよう。……でさ。会って早々に申し訳ないんだけど、お互いいい年なんだし呼ぶときは名前だけでもいいかな。俺のことも呼び捨てでいいよ」

「そうだね。この年で捺生ちゃんってちょっとこそばゆいし。捺生って呼んで？　私も誉士って呼ばせてもらうね」

何気なく承諾して、誉士君改め誉士を見ると、なぜか熱い目で見つめられる。

「捺生」

いきなり呼ばれた。

名前で呼ばれることなどたいしたことではないと思っていた。だけど、いざ呼ばれてみたら心臓がドキン、と小さく音を立てた。

「っは、はい」

――男性からの呼び捨て、やば……

子どもの頃に名前を呼ばれるのとは全然違う。予想以上の衝撃に、私はぽかんと口を開けたまま立ち尽くす。

そんな私を見た誉士は、シングルサイズのベッドに腰を下ろし、長い足を組み意味深な微笑みで私を窺っている。

「昔とイメージが違うから戸惑ってる、ってとこかな。改めて久しぶり、捺生。十五年間元気だった?」

「げ、元気だよ……誉士も元気そうでよかった。それにしても……当たり前だけど、随分変わったね……?」

困惑している私を見て、誉士が苦笑する。

「最後に会ったのは捺生が小六で俺が小四でしょう。生まれたばかりの子だって中学生に

なってるんだし、あの頃と別人なのは仕方がないと思うけどね」

当たり前だ、と訴えてくる誉士の視線に、確かに、と頷《うなず》く。

「でも、なんていうか……お、男っぽくなってるから……ほら、昔の誉士って、女の子みたいに可愛くってたとえるなら天使のようだったから……」

「これくらいの年になればみんなこんなもんじゃない。逆に考えてみてよ、二十五で天使みたいだったらそっちのが怖くないか」

「そ、それもそうなのか……な……？」

身近に誉士くらいの男子がそうそういるわけじゃない。だから一般的な二十五歳男子の実態は私にはよくわからない。でも、彼が言うのならそうなのだろうか。

納得した私は椅子に腰を下ろし、気を取り直して誉士と向かい合う。

「それにしても、ずっと音沙汰なかったのにどうしたの？　たまたま隣に来たから立ち寄った、とか？」

——十五年もの間一度も私に会いに来なかったのに。

心の中でちょっとむくれながら、率直に思いをぶつけた。

「いや。実はまた隣に越してきたんだ」

あっさり言われた事実が衝撃的で、思わず身を乗り出す。

「……えっ？　うそ、そうなの？」

誉士がこっくりと頷く。

「そう。そのためにここ数日うちをリフォームしてたんだよ、気付かなかった？」

「あ、それで……」

この前、お隣に人の気配がしたのはそれだったのか。

「リフォームもクリーニングも完了したんで、今日から住むことになってね。だから挨拶に来たんだ」

よろしく、と誉士が微笑む。

「そうだったの……こちらこそ、またよろしくね。でも、今までどこに住んでたの？　突然いなくなっちゃって、お別れも言えなかったこと結構ショックだったんだよ」

そう、古寺家との別れは突然だった。

私が学校から帰宅すると、いきなり母にお隣が引っ越したことを聞かされた。

『さっき奥さんと誉士君が挨拶にいらしてね。ご主人の仕事の都合で急に決まったんですって。当分戻ってくることはないらしいんだけど、気に入っている家だからしばらくはそのままにしておくって奥さんが言ってたわ』

今でもあのときのことはよく覚えている。小さい頃から知っていた誉士君ともう会えないんだと頭が理解した途端、ちゃんとお別れを言えなかったことが後悔として残った。

その後悔も年齢を重ねるごとに薄れはしたが、なぜ突然引っ越したのかだけは知りたい。

誉士は真顔で私を見つめたあと、少しだけ目を伏せた。

「ごめん。俺も引っ越しは嫌だったよ。でも、家の事情でどうしてもここを離れないといけなくなって。さすがに小四の俺が一人で住むわけにもいかないし」

誉士の言ったことが、昔自分が聞いたことと微妙に違っていることに違和感を覚えた。

「……家の事情ってなに？　お父様のお仕事の都合って聞いてたんだけど、違うの？」

この質問に関し、誉士がうーん、と腕を組んだ。

「厳密には家の事情。でも、まあ仕事も絡んでるからあながち嘘《うそ》でもない。捺生、ＫＤＲという名前を聞いたことはない？」

誉士が口にしたＫＤＲというのは、国内では大手といわれる電器メーカーの名前だろう。ケーディーアール株式会社。ＴＶＣＭもよく見かけるし、国内では子供でも知っている有名企業だ。

「あるよそりゃ……うち、ＫＤＲの家電とか結構使ってるし。お風呂の給湯器とかＩＨクッキングヒーターもそう……」

「それを経営しているのがうちの一族なんだ。元は古寺電器工業という名前だった」

私の話を最後まで聞かず、誉士が割り込んできた。ついでに明かされた事実に、私の頭の中は真っ白になった。

「……はい？」

――なんですって？　うちの一族……誉士の一族⁉

聞き返すのがやっとの私に、誉士は当時のことを教えてくれた。

ずっと病を患っていた先代当主のお祖父《じい》様が亡くなり、一人になってしまったお祖母《ばあ》様の鶴の一声で、長男家族である誉士の家族は本宅に引っ越ししなければいけなくなったこと。新しい環境にようやく慣れた頃、一人っ子の誉士は海外の全寮制の学校へ入学が決まったこと。その後日本に戻り超有名な大学を卒業し、お父様が社長を務める会社に入社したこと……など。

話を聞く限り、自分とは全く違う世界に生きてる人にしか思えなくて、気がついたら私は、額に手を当て目を閉じていた。

「ちょっと待って？　てことは誉士って今、ＫＤＲに勤めてるってこと？」

「そう。でも、別にもう役職に就いてるとかそういうのはないよ。あと、念のために一応、社長の息子であることは周囲に伏せてる」

「えええ……それって隠せるもんなの？　名前古寺じゃない、察しのいい人にはバレてると思うけど」

さすがに古寺姓でなんにも関係ないと押し通すのは無理があるのでは。

でも、当の本人はけろっとしている。

「そうかな？　まあ、一部の人にはバレてるかもしれないけど、俺、勤務先ではオーラ消してるから大丈夫じゃない」

「いや、そう思ってるのあなただけでは……相当目立ってると思うよ……」

なんてったって高身長のイケメンだし。こんな外見してたら女子は放っておかないと思うのだが……

しかし、まさかごく近くに絵に描いたような御曹司がいたとは、驚きの事実だ。

「まだ信じられない……あ、てことはうちの母はその事情知らないよね？　私、母からそういった話は一度も聞いたことないし」

「知らないと思う。うちが会社を経営していることは話したとしても、そこがＫＤＲであることはあまり人に話さないようにしてるし」

普通にみんな驚くんで、と誉士が付け足す。そりゃそうだ。

「でも、本宅に引っ越したのになんでこっちに戻ってきたの？　今まで住んでた本宅はどうするの？」

「どうするのって、そのままだよ。祖母と両親が住んでるし」

――ん？　なんか、話がかみ合わない……

心の中で首を傾げる。

「ちょっと待って。さっき引っ越してきたって言ったじゃない。なのに本宅はそのまま祖母と両親が住んでいるってどういうこと？　だったら隣には誰が住むのよ」

「隣に越してきたのは俺だけだからだよ。母は俺が隣に挨拶に行くって言ったら、久しぶりに捺生のおばさんに会いたいって付いてきただけ」

「え」

意外な返事に目を丸くする。俺だけって??

困惑していると、誉士がベッドから立ち上がった。そのままままっすぐ歩み寄り、高い位置から私を見下ろす。

「俺だけ、って言ったの、ちゃんと聞こえた？」

「聞こえた、けど……なんでわざわざ誉士だけ引っ越してきたの？　ここが会社に近いから、とか？」

「いや、寧《むし》ろ遠くなった」

ますますわからない。

「じゃあなんで？　特別ここが好きだからとか、そういう理由？」

眉根を寄せ誉士を見上げると、バチッと目線がぶつかった。その目がやけに熱を帯びているように見えて、ドキッとした。

「そうじゃなくて……捺生」

「ん？」

「捺生に会いに来たんだよ」

——……え？

言われたことがすぐに頭の中で処理できない。

「それは……どういう……」

「まだわかんない？」

クスッとされ、顔が熱くなってくる。

ありえない理由が頭を掠《かす》めたけど、そんなのあるわけない。

「わ、わかん、ないかも……」

「じゃあはっきり言うよ」

誉士が腰を屈《かが》め、私と目線を合わせてきた。

「俺と付き合わない？」

「ええっ⁉」

今度はすんなり理解できた。できたけど、まさかこんなことを言われるとは思わなかった。恋愛から数年遠ざかっているせいで、リアクションに困ってしまう。

「ちょ、ちょっと‼　久しぶりに会ったばかりだっていうのに、いきなり何を……」

軽いパニックに陥っていると、私が座っている椅子の肘掛けに誉士が手を置き、体重を預けてくる。

「俺の中ではいきなりでもないけど。隣に住んでいた頃、捺生のことずっと好きだったし」

「……好きって……それ、どういう意味の……」

「好きに意味なんか一つしかないだろ」

呆《あき》れ気味に言われて、羞恥でさらに顔が熱くなってきた。

「だって、あのとき、私たち小学生……」

「小四なら恋したっておかしくない年齢だろ？　それに俺、今まで捺生以上に好きになった人、いないし」

「え」

誉士の言葉が自分に向けられているなんて、まだ信じられない。

私は呼吸を整えながら、誉士に向かって手のひらを向ける。

「ま……待って。あまりにも唐突すぎて気持ちが追いつかない……」

「そうなることも織り込み済みだよ、気にしなくていい」

「いや、気にはするでしょう……」

ははっ、と楽しそうに笑う誉士に、ジトッとした視線を送る。

「とにかく俺の気持ちは伝えたから。ちゃんと答えを出すまでは他の男と付き合ったりしないように」

「なによそれ……」

「牽制《けんせい》」

そう言って、誉士が上体を起こす。均整の取れたスタイルと、美しい顔。

それをまじまじと眺めていたら、今度はドキドキが止まらなくなった。

──こんな綺麗な人に今、好きって言われた……これって、夢……？

「そういうわけでこれからよろしく。俺がいるときは、いつでもうちに来てくれて構わないから」

「い……いつでも？」

「いつでも。夜這《よば》いも歓迎だよ」

誉士は意味ありげに微笑むと、そのままひらひら手を振りながら部屋を出て行ってしまった。妙に色気たっぷりの余韻だけを残して。

「夜這いって……な、なんなの、あれは……」

天使のように可愛かった誉士は十五年という月日を経て、大人の色気をたっぷり纏《まと》わせた男になっていた。

それに衝撃を受けた私は、しばらく呆然《ぼうぜん》としたまま椅子から立ち上がることができなかった。

誉士が去ってから一時間程経過しただろうか。ようやく気持ちを落ち着けた私が一階のリビングに行くと、古寺のおば様とのおしゃべりを終えた母が一息ついていた。

「おば様も帰られたの？」

「うん、さっきね。それにしてもご家族で引っ越ししてきたのかと思ったら、お隣に住むのは誉士君だけなんですってねえ」

「そうみたいね……」

誉士の名前が出るだけでドキッとしてしまった。

「なんでも、ご先祖様が大事にしていたお宅が勿体《もったい》ないからって、わざわざ本宅から引っ越してまで一人で住むことを決めたんですって？　誉士君、良い子よねえ……」

母が感嘆のため息をつきながらお茶を飲んでいる。

――私には違うこと言ったけど……本当のところはそっちなのかな……読めない……。

「でもあんな大きな家に一人じゃ大変だろうから、なにかあればいつでもうちに来てくれて構わないって言っておいたから。捺生も気にかけてあげなさいね？」

「えっ！」

素で驚いていると、母が怪訝《けげん》そうな顔をする。

「なに驚いているのよ……当たり前じゃない！　ＫＤＲにお勤めだっていうし、きっとお仕事だけでもかなり忙しいでしょう？　あなたは幼なじみなんだから、できるだけサポートしてあげるべきよ」

KDRという単語にドキッとした。家業のことはなにか聞いたのだろうか。

「……K……DR……のことはなにか聞いたの……?」

「なにってなにを? 大手企業ってことは知ってるわよ。凄《すご》いわよね、誉士君優秀ね」

母が何度もうんうん頷いている。ということは、きっと古寺家がKDRの経営に関わっていることは聞いていないのだろう。

「サポートねえ……」

食事とか、そういった面でのサポートはまだいいとして、付き合うとか好きとか、あれって本気で言っているのだろうか。

未だ誉士の真意がわからなくて、私の頭の中はこんがらがっていた。


誉士が挨拶に来た翌日。

仕事のシフトが遅番のため、昼過ぎに家を出ると、隣の古寺家の大きな門扉の前に黒塗りの高級車が停まっていた。

——でかい。それに、めちゃくちゃ高そう。こんな車、誰が乗って……

車を横目で見てから、古寺家とは反対方向にある駅に向かって歩き出す。すると、静かな音を立ててさっきの高級車が私に近づいてきた。

「捺生」

声をかけられ、弾《はじ》かれたようにそちらを見る。半分下げられた窓の向こうでハンドルを握っているのは、よく見ると誉士だった。

よく見ないと誉士だとわからなかったその理由は、昨日見た普段着姿とは一変していたからだ。なぜならば今日の彼は完全にビジネスモード。髪は綺麗に整髪料で整えられ、きっちりと濃いグレーのスーツに身を包んでいる。

――これでオーラを消してる？　嘘でしょ？　オーラ出まくってるし、めちゃくちゃイケメンなんだけど……

困惑したまま誉士を見ていると「おーい」と再び声をかけられ、ハッと我に返った。

「こ……この車、誉士のものだったの⁉」

「厳密には家の車だけどな。今出勤？　乗りなよ、勤務先まで送るよ」

「え……いいわよ、そんな……こんな凄い車で出勤なんかしたら同僚が腰抜かすわ」

「店のど真ん前に下ろさなきゃいいだろ？　ほら早く」

そう言われてしまうと、もう断る理由が見つからなかった。実際送ってもらえるのは助かるし。

「……お願いします……」

「駅前通りのダイニングカフェだよな」

すらすらと誉士の口から私の勤務先が出てきて、あれっと思う。

「ん？　私、話したっけ？　勤務先のこと」

「捺生のおばさんが教えてくれた」

――母か……

すんなり納得した私は、静かに高級車のドアを開けた。

私を助手席に乗せると、車は静かに音を立てながら速度を上げていった。

昨日の今日でこういう展開になっているのは驚きだが、車の振動に揺られているうちに気持ちが落ち着いてきた。ほんの少し余裕が出てきた私は、改めて隣の誉士を見る。

仕立ての良さそうなスーツと、パリッとした白いシャツからは清潔感が溢れている。

髪がきちんと整えられ、元々綺麗な形をしている目が昨日よりはっきり見えた。日の光に晒《さら》された横顔は、やはりイケメンだ。

立派に格好いい大人の男、である。

「誉士も今から仕事なの？　午後からってこと？」

「そう」

尋ねたら、すぐに返事が返ってきた。

「引っ越しのこともあって午前は休みをもらってたんだ。昨日おばさんから捺生のシフトを聞いてたから、もしかしたら出勤時間が同じくらいになるんじゃないかってうっすら予想してたけど、本当にタイミングが同じだったな」

「母、シフトまで教えたの……」

　個人情報とは。

「その代わり、帰りは迎えに行けないから」

「いやいや、帰りまでなんて申し訳なくて頼めないよ。でも、ありがとう」

　驚きはしたけど、気持ちはありがたい。

　素直にお礼を言ったら、ずっと真顔だった誉士の顔が緩んだような気がした。

「いや。礼を言われるほどじゃない」

「そ、それと……昨日の話だけど、アレってやっぱり本気……？　それとも……」

「冗談なわけないだろ」

　私の言葉に、誉士がすかさず反論してきた。

「ですよね……」

　小さく身を縮めると、すぐに誉士の声が飛んでくる。

「付き合ってる男はいないんだろう？」

　誉士が華麗にハンドルを操り、信号を右折する。何気なく目が行く骨張った指は長く、手のひらは大きい。

　私が最後に見た誉士の手とは全然違う。二人だけの空間で意識するのはまずいと思いつつも、誉士が男であることを意識せずにはいられなかった。

「……もしかして、それも母に聞いたの？」

「いや。昨日付き合おうって言ったとき、好きなヤツがいるとか、付き合っている彼氏がいるとは一言も言わなかったから」

「うん……それはそうなんだけど……」

ここでふと、澤井君の顔が頭に浮かんできた。

――あ。そういえば澤井君のこと完全に忘れてた。

とはいえ、私の中に澤井君と付き合う、という選択肢はない。彼にも返事をしなければいけないが、この場合誉士に話す必要はないだろう。

「そうなんだけど……なに？　俺と付き合うことに関してなにか問題でもあるの」

誉士が横目で私をチラ見してくる。

「問題っていうんじゃないけど。でも、久しぶりに会ってすぐ付き合うとかはちょっと……もう少し段階を踏んでからじゃないと」

「段階、か」

こう呟《つぶや》いてから、誉士が無言になった。

それを横目で窺いつつ、今度は何を言われるのだろうと私のドキドキが増すばかり。

「ちょっと……黙り込んでなに考えてるの……」

居たたまれなくなって口を開くと、ちら。と横目で見られた。

「いや、どうすれば捺生にうんって言わせられるか考えてた」

「ちょっと……私の気持ちはどうなるのよ……」

「好きな男がいないならよくない？」

「よくないよ、こっちにも事情があって……」

「それ、どんな事情？」

聞かれてハッ、とする。

――やばっ。うっかり……

「な、なんでもない……」

「なんでもないって顔じゃないなあ。もしかして、俺の他に言い寄ってきてる男がいる、とか？」

「そ……そんなこと、あるわけないじゃない」

「捺生は嘘をつくと声のトーンが少し上がる。昔から変わってないな」

しまった。誉士の策にハマった。

ここで返す言葉に困り黙っていたのが余計にいけなかったのかもしれない。

「で、相手はどんな男？」

自分の勘は当たっていると確信した誉士にズバッと突っ込まれてしまい、ここまで見透かされているのなら誤魔化《ごまか》すのも面倒になってきた。

「な……何者、っていうか……元彼？」

「へえ、元彼ねえ……。その男と別れて何年？」

「いきなりそういうこと聞く？」

「いいから吐いちゃえよ」

どうやらスルーはしてくれないようだ。

「……ご、五年くらい……」

別に隠しているわけでもないからいいけど。と軽く口を尖《とが》らせる。

誉士はこれに対し、真顔でふーん、と納得していた。

「ということはそこからの五年間は、誰とも良い感じにはならなかったってことか」

その通りだよ、とため息をつく。

——恋に奥手とか、男性とあまり縁がないのかと思われているのかな。

会話が途切れている間、モヤモヤが増していく。

「捺生には申し訳ないが、独り身でいてくれてよかったよ」

「いいんだかなんだか……それより誉士だって。そんな外見で御曹司だなんて、めちゃくちゃモテる要素備わってるでしょ。すっごくモテたんじゃないの」

言ってから誉士を見ると、真顔のまま首を傾げていた。

「別に。そんなには」

「うそだ。絶対モテたはずだよ、学生時代とか……」

「高校までは全寮制の男子校だったから」

――……なるほど。

途端に口をつぐんだ私に、誉士がクスッとする。

「まあ、確かに女性から声をかけられることはちょこちょこあった。それは認めよう」

「ほらやっぱり」

「でも誘いには乗らない方なんでね。心配しなくても捺生と付き合い始めてから他に女がいた、なんて事態には陥らないから安心して」

付き合う、という単語が出てきてまたドキッとしてしまった。

「だから……まだ付き合ってないし」

「返事、早めに欲しいんだけど」

「きっ……昨日の今日でそんなにすぐ返事できないから」

「そこをなんとか早めに」

間髪容れず帰ってきた言葉にガクッとする。

「仕事の納期を早めるのとわけが違うからね⁉　そこんとこわかってる？」

「わかってるけど、こういうことって感覚で決めるところが大きいだろ？　ぱっとひらめいた感じでいいんだよ。付き合えるか、付き合えないか」

誉士の要求にえぇー、と声が出てしまった。急に言われても困る。

「そんなこと言われても、やっぱりすぐには判断できないよ」

しかし、澤井君といい誉士といい、どうして私の周りには強引な男性が多いのだろう。澤井君はともかく、誉士は十五年ぶりに会ったばかりなのに。

「なんでそんなに急ぐのよ……」

「そりゃ、好きな女性を一日でも早く自分のものにしたいっていうのは男なら誰しもが思うことだろ。特別変なことじゃない」

運転席からスッと伸びてきた手が、私の手に重なった。そのまま指を絡めて握られてしまう。

――て、手‼

手を握られたまましばらく固まっていると、静かに手が離れた。誉士が手をハンドルに戻してから数分後。車が私の勤務先に近い路肩に停車した。

「はい、到着」

勤務先は駅前大通りに面した商業ビルの一階真正面にあり、窓側は全面ガラス張り。そのため、真ん前に車を停めるとかなりの確率で同僚に見られてしまう。

こんな高級車で送ってもらったところを同僚に見られたくない、という私の気持ちを理解してくれた誉士に小さく感謝した。

「送ってくれてありがとう。あ、今度お礼に店の料理、テイクアウトして持っていくよ。うちの店、どの料理も美味しいって評判いいのよ？」

咄嗟《とっさ》に母が言ってたことを思い出し、こんな提案をしてみた。すると、誉士の顔がわかりやすく緩んだ。

「いいの？　助かるよ。なんせ一人だと外食ばかりになりがちだから」

「うん。じゃ、送ってくれてありがとね」

シートベルトを外し、助手席のドアに手をかけた。

「捺生」

名前を呼ばれ反射的に振り返ると、ハンドルに腕を預けた誉士と視線がぶつかった。

「どっちにするか迷ってるなら、俺を選べよ」

「え」

「少なくとも相手の男よりは捺生のことを想《おも》ってる自信はある。……わかった？」

念押しされてすぐ、胸の辺りがぎゅうっと強く摑《つか》まれたように息苦しくなった。

出勤前のこのタイミングでこんなこと言うの……ずるい。

「え、選べって……」

もっとなにか言いたいのに、残念ながらこれしか言葉が出てこない。

困った挙げ句、車を降りてこの状況から逃れた。

「とにかく、ありがとね。じゃあ……行ってきます」

「ああ。仕事頑張れよ」

ドアを閉める瞬間に誉士の声がドアの隙間から聞こえてきた。

出勤時に頑張れだなんて、あまり言われる機会がないので妙に照れてしまう。

──ああ、顔があっつい……

気を取り直しつつ車道から歩道に移動し、店に向かって歩く。すると、さっきまで路肩に停まっていた誉士の車が私を追い抜いていった。すれ違いざま、ハザードランプを何度か点灯させせながら。

言うこともやることも、私が知っていた天使の誉士君とは思えないようなことばかり。

──……誉士って……こんな男《ひと》だったっけ……？

確かに幼なじみとはいえ、会っていない期間の方が長いのだから、昔の印象と違うのは仕方がないことかもしれない。

でも、ここまでストレートに気持ちをぶつけてくるような男の子ではなかったはずだ。

それとも、私が知らないだけで元々こういう男だった、とか……？

ただ一つ言えるのは、今、私が接している誉士は、どう見ても魅力ある大人の男だということ。若干強引ではあるけれど。

「……私……大丈夫かな……」

再び出会ってまだ二日目だというのに、私の中で誉士の存在が大きくなり始めている。

――私……どうなるのかな……

今後に対する期待と不安と、ドキドキが入り交じった複雑な感情のまま、私は勤務先に向かったのだった。

第二章　誉士の圧は増すばかり

大学を卒業してから、ずっと私が勤務しているのは、都心部を中心に店舗を拡大しているダイニングカフェだ。

昼間はカフェタイムからランチタイムを経て、再びカフェタイムに戻ると夕方からはディナータイム。営業時間は十時から二十二時までなので、社員は早番と遅番の二交代制で店を切り盛りしている。

業務形態の違う店を含め、都内に十数店舗の店を運営しているこの会社に、私は大学を卒業後新卒で入社して以来勤続五年目になる。

私の仕事は調理ではなく、事務とフロアがメイン。いくつかの店舗や本部勤務を経て、今はこの駅前大通店《おおどおりてん》のサブマネージャーを務めている。

白いシャツと黒いテーパードパンツに着替え、腰巻きエプロンを身につけるのが社員のユニフォーム。普段は下ろしている肩までのボブヘアは襟足で一つに結び、鏡で身だしなみをチェック。

事務所で店長と軽いミーティングを済ませたあと、フロアに出る。

うちの店は洋食がメイン。たまに期間限定でお重のランチなんかもやるけど、ワンプレートの料理がメニューの大半を占めている。

店で前日から仕込むカレーやビーフシチュー、それと季節のフルーツをふんだんに使用したパンケーキやパフェなどのデザートも人気で、昼食時にはビジネスマンから主婦、OLであっという間に満席になる。

今日もランチタイムは盛況で、数量限定のランチはどれも完売状態だ。

「角間さん、今日も瞬殺だったよ。温玉グリル野菜キーマカレープレート」

私がキッチンに顔を出すと、調理場の責任者である真壁《まかべ》さんが笑顔で近づいてきた。

「瞬殺？　すごいですね。これもうレギュラーメニューでもいけそうじゃないですか」

「うん。今度のメニュー会議で、レギュラー化提案してみるつもり」

真壁さんがふふっ、と自信ありげに微笑む。

彼女は私より二つ年上の先輩社員で、メニュー開発にも関わっている人なのだ。

レギュラーメニュー化を検討されているものは、まず始めに期間限定、数量限定メニュー化され、それを経て評判のいいものはレギュラーメニューに加えられることになる。

おそらく温玉グリル野菜キーマカレープレートも、そのうちレギュラー化されることになるだろう。

なんて思いながらオーダーをチェックしていると、学生アルバイトの女性が私にメモを手渡してきた。

「角間さん、さっきいらした男性のお客様が、角間さんに渡してくれってこれを……」

「ええ？　……誰だろ」

多分、手帳を破ったと思われる小さめの用紙に万年筆での走り書き。そこに記された名前は久司。

名前が見えた瞬間、近くに人がいるのに「げっ」、と声が漏れてしまった。

【休憩時間でもいいから連絡くれ　ＩＤ……】

——店まで来たのか……復縁はないって言ったのに……しかもご丁寧にＳＮＳのＩＤまであるし。絶対登録しないけど。

そのメモをぐちゃっと握りしめユニフォームのポケットに突っ込んだ。

「あら？　角間さん。もしかしてあまり会いたくない人からでした？」

メモを受け取ってくれたアルバイトさんが眉をひそめる。

「はは……まあ、そんなところです。あ、私行きまーす」

笑って誤魔化してこの話を終えた私は、タイミングよくできあがった料理を手にフロアに出た。

——誉士のこともあるけど、同時に澤井君もどうにかしないといけないんだった。

そのことを考えたら、急に気が重くなってきた。

職場での休憩中。昼にメモを渡してきた男性は何者なのかと真壁さんに突っ込まれた。どうやら口止めする間もなく、さっさとアルバイトの女性が話してしまったようだ。

「で、誰なのよ。聞いたところによると、結構シュッとした感じのサラリーマンだったらしいけど」

ディナータイム前の賄いを食べながら、私はげんなりと肩を落とす。

本当に澤井君は、外見だけならイケメンなのだ。彼を見た女性はほとんどがそう言う。

「……も、元彼です……って言っても付き合ってた期間も短いんで、私の中ではとっくに存在も消えてたんですけど」

えー、と驚きつつ、真壁さんがさらに突っ込んでくる。

「それがなんで急に？　メモ寄越《よこ》すってことは角間さんとコンタクト取りたがってるってことでしょ？」

真壁さんが自分で揚げたフライドポテトを食べながら、私の返事を待っている。ポテトは普通の細めポテトだが、彼女はディップにこだわっていて、いつも様々なものをディップしながら食べている。

今日は醤油麹《しょうゆこうじ》とマヨネーズとコチュジャンを和《あ》えたディップ。私もいくつかもらって食べたけど、ほんのりピリ辛でなかなか美味しかった。これも期間限定メニューで出してもいいと思う。

「実は今更ながら復縁を迫られてまして……私もなんでかわからないんですが」

「へえ……あ、もしかしてこの前テレビに出たからかな？　あれで角間さんのことを思い出したとか」

真壁さんの推理に、ついため息が漏れた。

「はい。なんか、そうみたいです……」

テレビ出演の件は、本当なら店長が対応するはずだった。しかし直前になって本部が私を指名してきて、急遽《きゅうきょ》交代することになってしまった。理由はどうやら、店長があがり症でテレビや芸能人の前だと激しくテンパりそうだから、という……

そのときはなにも考えずわかりました、と話を受けた。しかし、あれがきっかけで澤井君のなにかに火を付けてしまったのなら、テレビなんか出るんじゃなかった。

「ふうん。でも、ほら角間さんって可愛いし、その男性もテレビを見て当時の記憶が蘇《よみがえ》ったのかもね。あのときの彼女が、今こんなに可愛くなっている！　みたいな……」

可愛い、と言われてブッ、と噴きそうになってしまった。

真壁さんはたまに私のことをこう言ってくれるのだが、その根拠がどこにあるのかは不明だ。なんせ自分で自分のことを可愛いなんて思ったことは一度もない。私からすれば真壁さんの方がずっと綺麗だと思う。

仕事中はきっちり結んでいる長い髪を、勤務終了後にはらりとほどくその姿に、私ですら何度ドキッとしたかわからないし。

それに真壁さんは細身で出るとこがしっかり出ているので、体のラインが出る服を着るととてもセクシーなのだ。女の私でも息を呑《の》むくらいなのだから、男性なんかもっとドキドキするのではないか。

女が惚《ほ》れる女の人って、真壁さんみたいな人のことだと私は思っている。

「そんなことはないと思いますけど。大体、五年前に私を振ったのは向こうですよ？　それなのに今更復縁だとか……勝手すぎますよ」

あんなに私のことが好き好き言ってたくせに、あっさり振られたこっちの身にもなってもらいたい。あれが原因でしばらく男性不信になったくらいなのだから。

「で、どうするの？　付き合うの？」

「付き合いませんよ！」

こればかりは即答してしまった。

「……本当は話すのも嫌ですけど、ちゃんと気持ちを伝えて理解してもらうつもりでいます。付き合ったところで、また同じことされる可能性もありますしね」

「そっかー、確かにそうかもね。人の性格なんか五年やそこらで大きく変わらないだろうし……また同じようなことがあれば、私だったら立ち直れないな」

残り少なくなったポテトを食べながら、真壁さんが小さく頷く。

「それより真壁さんはどうなんですか。新谷《しんたに》さんと最近いい感じだって前、ちらっと言ってたじゃないですか」

今度は私から真壁さんに話を振ると、彼女がグッと言葉に詰まった。

新谷さんというのは、真壁さんと一緒に調理を担っている社員だ。年齢は私と同じなので、真壁さんからすれば二つ年下ということになる。

——あれ。二つって……それじゃ私と誉士と一緒だね……

ちらっと思ったけど、そのことは今は置いておく。

「……なに、急に……」

真壁さんが若干照れたような顔で私を見上げる。美人に見つめられると、なぜだろう。男性にされるのとはまた違った意味でドキドキする。

「だって前、新谷さんと話が合うとか、仕事がやりやすいとか言ってたじゃないですか。それに、私がキッチンに行くとかなりの頻度で真壁さん、新谷さんと話してますよね。ぱっと見いい感じだし、仲が良いなって思ってたんですよ」

ここ最近ずっと思っていたことを言ったら、真壁さんが照れたように目を伏せる。

「た……確かによく話すけど、あくまでただの同僚だから。決して男女の仲とかそういうのではないのよ。それに、と……年下、だし」

最後の方はずいぶん小声で聞き取りにくかった。

「え、あ？　年齢のことですか？　でも、二つくらいならそんなに気にしなくてもいいのでは……」

自分で言ってて、これって誉士と私にも当てはまるな、と気付いてしまった。

「そ、そうかもしれないけど……」

真壁さんがこう言ったきり、真顔で黙々とポテトを食べ始めた。

――これは……なにかあるな。

彼女が黙ってしまったので、私も止まっていた手を動かし、賄いを口に運んだ。

――真壁さんの恋路も気になるけど、まずは自分のこと、だよね……。

私は頭にさっきのメモを思い浮かべ、先のことを憂《うれ》い大きなため息をついたのだった。

澤井君のことをどうにかしないといけないのはわかっているけれど、やっぱり自分から連絡を取る気にはなれない。ていうか嫌だ、本音を言えば連絡なんかしたくない。

――仕方ない、向こうから来るのを待つか……

できればそのままフェードアウトしてくれるのが一番ありがたい。奇跡が起きてくれないかなと願いつつ、家路に就く。そんな私の手には通勤用のバッグの他に保冷バッグがある。

保冷バッグの中には誉士に渡す予定の料理が入っている。店で人気のある単品料理を、いくつかテイクアウトにしてもらったのだ。

チキンのマスタードソースや、グリル野菜の盛り合わせやミートボール、それとバターライスも添え、おそらく二十五歳の男性がお腹《なか》いっぱいになるであろう量を用意した。

——誉士がどれくらい食べるのか全然わかんないけど、とりあえずこれだけあれば足りるはず……。

最寄り駅に到着したのはもう十時過ぎ。夕飯を食べるには遅い時間だが、果たして誉士は喜んでくれるのだろうか。

そんなことを考えながら古寺家を目指す。我が家を通り過ぎ、立派な門扉が構える古寺家の前に立つ。ガレージには昼間乗せてもらった車があり、門扉の奥に見える古寺家のリビングには明かりが点《つ》いていた。

——いるな。

誉士がいることを確信し、インターホンを鳴らす。数秒後、カチッという音の後に【はい】とやや気怠《けだる》そうな誉士の声が聞こえてきた。

「夜分にごめん、捺生です」

【ちょっと待ってて】

インターホンが途切れてから少々の間を置き、家の中から誉士が出てきた。仕事から戻ったままらしく、上は白いシャツで下はまだスーツのスラックスだ。でも、昼に見たときとは違い微妙に乱れている服装と前髪が、やけに色気を醸し出していた。

――うっ……え、エロくない……？　はっ、やだ、私ったらなにを考えて……

誉士は、私の姿を見るなりなぜか表情を曇らせた。

「今帰り？　遅くないか」

誉士が門扉を開けながら私に問いかける。

「うん、遅番のときはいつもこれくらいだから。あ、これ、うちの店の料理。テイクアウトしてきたから、食べて？　もう夕飯は終わっちゃったかもだけど、よかったら明日の朝ご飯にでも」

料理の入った保冷バッグを誉士に差し出す。

しかし、彼はそれを受け取らずなぜか自宅の方へ体を反転させる。

「いや。まだ何も食べてないから今食べるよ。それより、捺生もうちに入りなよ」

「え。でも、もう遅いしいいよ、誉士だって疲れてるでしょ」

「全然。いいから入って」

言いたいことだけ言って、誉士はさっさと自宅に戻ってしまった。

――は、入ってって……

強引さに混乱するけどなぜだろう。誉士に逆らえない自分がいる。だって、十五年ぶりの古寺家が今どうなっているのか、この目で確かめたくてうずうずしているから。

「……じゃあお言葉に甘えて」

誉士の後を追う。

我が家よりも大きな玄関ドアを開けたまま待っている誉士に「お邪魔します」と一言断ってから、玄関に足を踏み入れた。

入ってすぐ視界に入ったのは、懐かしい光景。玄関の横にある木製の靴箱や、家の中に上がって左手にある和室は、私が子どもの頃から変わっていない。

——うわ、懐かしい。そうそう、こんな感じだった。

あれからだいぶ時間は経っているけれど、古くても状態はいいように見える。きっと定期的に家に空気を入れたりして、しっかり管理してきたのだろう。

「すっごく懐かしい……変わってないね」

「まあ、そうか。玄関周辺はなにも変えてないからな」

ちゃんとスリッパを履いて、誉士はスタスタと奥へ歩いて行く。それに倣い玄関に並べてあったスリッパを履いた私も彼に続く。

キョロキョロと周囲を見回す。壁の色も、床の色も見覚えのあるものばかりだ。子供の頃の記憶が蘇ってくる。

「わあ……懐かしい。あの頃のままだー」

「廊下の内装も十五年前と変わってない。変わったのはキッチンとリビング、それと俺が寝室に使っている二階の部屋くらいだな」

誉士に招かれ、リビングらしき部屋に入る。

確かに昔はキッチンとリビングが別々だったと思うのだが、リビングとの境が取り払われ一つの大きな空間に変わっていた。

それと以前は広々としたコの字型だったキッチンが、今流行の対面キッチンになっていた。真新しいキッチンは白く輝いていて、まるでここだけ新築のようだ。

「ここ、リフォームしたんだ？　すごく綺麗ね」

「さすがに昔のキッチンは使い勝手が悪かったんで、ここに住むことが決まって真っ先にリフォームしたんだ。でも、やって正解だった。前のキッチンは俺には低過ぎるし、だいぶ古かったたから」

話し終わると、誉士が「それ、くれる？」と手を差し出してきた。反射的に持っていた保冷バッグを渡すと、さりげなく「ありがとう」とお礼を言われた。

「一時間くらい前に帰宅したところなんだ。腹は減ったけど動くのが面倒でダラダラしてたから、来てくれて助かった。さっそくいただくよ」

誉士が私を見て、口元に笑みを浮かべた。そんな彼を見て、チョロい私はあっさりときめいてしまう。

――い……イケメンの笑顔……危険……!!

「ど、どう……いたしまして……」

「同僚に聞いたら、捺生んとこの店、評判いいのな。知ってる人が結構いた」

「本当に？　ありがとう。ていうか誉士は知らなかったんだ？」

「カフェはあまり行かないからな」

誉士が話しながら料理の入ったプラスチックのケースを、保冷バッグから取り出している。それを二人でダイニングテーブルに運んだ。

ダイニングテーブルは昔使っていたものなのか、六人掛けの大きなタイプだ。それに、私もこのテーブルには見覚えがある。

「このテーブル懐かしい……！　昔、ここで一緒におやつ食べたよね？」

ついテーブルに手を置き、感触を確かめながら誉士に同意を求めた、

「そうだな。捺生、うちの母が作ったパウンドケーキをうまいうまいって喜んでバクバク食べてた。よく覚えてるよ」

「古寺のおば様が作ったお菓子が美味しかったことだけはよく覚えてる。うちの母はあんまり手作りのお菓子を作らなかったから、余計に美味しく感じたんだよねえ……」

遊びに来たときに古寺のおば様がお菓子を作っていると、いつもいい香りが漂っていた

のをよく覚えている。バターの甘い香りと、焼き菓子の香ばしい匂いは私の食欲を大いにそそった。

そのお陰もあってか私は今でも焼き菓子に目がない。マドレーヌやフィナンシェが大好きなのだ。

「懐かしんでるのは結構だけど、捺生も食べる？　食事は済ませてきたの？」

いつの間にか誉士が二つコップを持ってきて、冷蔵庫に入っていた炭酸水と緑茶のペットボトルをテーブルに置いてくれた。

「あ、ありがとう。一応職場で軽く賄いを食べたから、そんなにお腹はすいてないんだ。私に構わず食べてよ」

「ついでだから一緒に食べればいいかなと思って。ちょっと摘まめば？」

誉士が今度は取り分け用の小皿を持ってきてくれた
「ありがとう……ていうか、誉士ってこんなに色々気を利かせてくれる人だったっけ」

素直に疑問を投げかけると、誉士の眉根が少しだけ寄った。

「いや……捺生が知ってる俺は小四で止まってるだろ。その歳で気を利かせるとかなかなかできないだろう。それに、これくらいは普通だよ」

「そ、そっか。じゃあ、ちょっとだけもらいます」

それもそうだと思い、誉士の好意に甘えることにした。椅子に腰を下ろし、自分が持ってきた料理を少しだけ小皿に乗せた。

誉士がたくさん食べるかと思って、多めに用意してきてよかった。

誉士も私の目の前に腰を下ろし、小皿に料理を少しずつ盛っていく。

「チキンと……これはミートボール？　あとグリルした野菜か。うまそうだな」

「うん、美味しいから食べてみて」

「それとさ。捺生は、遅番の日ってこんなに帰りが遅いの？」

グリルしたカボチャをもぐもぐしながら、誉士からの質問に答える。

「うん、そうだけど」

私にとっては当たり前のことなので普通に答えたら、なぜか誉士が不機嫌そうな顔をする。

「そうだけどって、女性がこんな遅くに一人で帰宅するのは危ないだろう。せめて遅い日は家の前までタクシーとか使いなよ」

「ええ？　そんな……遅番の度にタクシー使ってたら破産するよ？　それにこれまで危ない目には一度も合ってないし……」

特になにも思うことなくけろっとしていたら、誉士の声と表情があからさまに不機嫌になった。

「あのな。これまでは大丈夫だったかもしれないが、今後もしなにかあったらどうするんだ。捺生の家までの道は住宅街で、夜は静かで人気も少ない。変な輩が出たっておかしくない環境なんだよ」

「え。そんなこと言われても……」

急に真剣になった誉士に、私にも緊張が走る。

親に言われるのならわかるけど、私よりも年下の男性にこんなことを言われたのは初めてだ。

「でも、仕事だからどうしようもないんだよ。私だけずっと早番やるわけにもいかないし」

「そんなことはわかってる。だから、仕事が遅いときは俺に連絡してくれていいから。可能な限り迎えに行くよ」

誉士は言いたいことだけ言って、手にしていた箸を動かし始めた。

窘《たしな》められてからの優しい言葉に、私の頭は混乱した。

「む……迎えに行くって誉士が!?　いやいや……そんなの悪いよ、誉士だって仕事があるんだし、そんな迷惑かけられない」

一流企業に勤めている誉士の手を煩わせるようなことはしたくない。

慌てて拒否するが、誉士の表情は険しいままだ。

「それとこれとは事情が違う。それに、この辺りだって最近不審者が出たという情報がいくつかあるみたいだし、必ずしも安全とは言い切れないんだよ」

「う……それは……確かにそうなんだけど」

確かに最近、住んでいる地域の不審者情報がスマホのアプリを経由して配信されるようになった。それのおかげもあり、私が住んでいる地域の近くでもいくつか不審者の目撃情報が上がっていた。誉士はそういうのもちゃんと把握しているのだろう。

その通りすぎて反論ができず、視線を落とす。すると目の前にいる誉士が、小さく息を吐き出した気配がした。

「決して暇じゃないけど、深夜まで仕事漬けというわけでもないから。捺生を迎えに行くことくらい手間じゃないよ。だから、遠慮しないで」

話し終わった誉士がチキンの切れ端を口に運ぶ。それを咀嚼《そしゃく》してから、なにかに気付いた様子でふと顔を上げた。

「……うまいな、これ」

「あ。でしょう？　これうちの店で凄く人気あるのよ」

「皮パリパリで中はジューシーだし、このマスタードソースがうまい。いろんなものにかけたい」

チキンを口に運びながら誉士が何度も頷く。よほどこの料理を気に入ったらしい。

「確かにこれ、なににかけても美味しいよ。ソテーした魚とかにも合うし……」

「じゃあ、今度ここで作ってくれない？」

「は？」

さらっと言われたことに敏感に反応すると、誉士が上目遣いで私を見つめた。

「作り方、知ってるんだろ？」

「知ってるけど、私、調理担当じゃないからざっくりとしか聞いてないんだけど」

「捺生ならできるだろ。おばさんも捺生は料理が上手《うま》いって言ってたし」

「ん～～まあ、やってやれないことはないか……」

「じゃあ、今度。楽しみにしてる」

微笑みかける誉士にドキッとしつつ、私もまたグリル野菜を口に運んだ。

料理を作ることはまあいい。嫌いじゃないし。

だけど、それよりも気になるのはやはり誉士のことだ。

こんな風に仲良く一緒に食事しているけど、よく考えてみたら、私達はまだ再会して二日目なのだ。

しかもこの二日間の間に付き合ってとか好きとかいろいろ言われてるけど、なんで今なのだろう。そんなに私のことを思ってくれてたなら、もっと早く会いに来ることはいくらでもできたはずなのに。

――なんで今、このタイミングなんだろう……

疑問に感じたことは、本人に確かめずにはいられなかった。

「……あのさ誉士。いろいろ心配してくれたりするのは本当に嬉しいけど、なんで今なの？　私に会いたかったのなら、もっと早く会いに来てくれればよかったじゃない」

箸を置き、お茶の入ったコップを手に誉士と視線を合わせる。その誉士はというと、箸を持ったまま真顔で私を見つめていた。

「なんだ、ずっと会いにこなかったことを怒ってるのか？」

「そうじゃないよ。怒ってなんかいないけど、本当に好きだったらもっと早く会いにこれたでしょ。それがなんで十五年も経ってからなの？　そのことが気になって……」

「唐突だったかな。でもずっと好きだったのは事実だよ」

誉士が顎に手をあてて考え込む。その仕草がイケメンなのでいちいち絵になるのが悔しい。ついうっかり誉士のイケメンぶりにやられそうになってしまう。

「そこも気になってたのよ。なんで十五年も私のことを思うことができたの？　それだけ長い間離れていたら、絶対他の女性に目が行きそうなのに。それに、十五年の間に私が変わってたらどうするつもりだったの？　もしかしたら、誉士の好きな私ではなくなっている可能性だってあったのに」

私からの質問攻めに、誉士がゆっくりと腕を組みながら天井を見る。

「別に捺生を思い続けるのは難しいことではなかった。俺は子供だったし、男ばかりの環境に身を置いていたんでね。むしろ、捺生の存在くらいしか拠《よ》り所《どころ》がなかった」

「そんなに大変だったの？」

「まあね。でも、確かに捺生が疑問を抱く気持ちは理解できる。もし捺生が子供の頃とは大きく性格が変わっていたら、多分俺は再会したとしても付き合ってくれとは言わなかったかもしれない」

「ええ？　でも会ってすぐだったじゃない。どこで変わったか変わっていないか判断したのよ」

「それはほら、再会して顔見たときの勘で」

誉士がしれっと言う。

――勘～～？　そんなことで本当にわかるものなのかしら……？

浮かぶのは疑問しかない。

「勘でわかるもんなの？　そんなこと」

コップに口をつけながら誉士を訝《いぶか》しむ。そんな私の視線に負けず、誉士は小さく頷いた。

「なんとなく。角間のおばさんも変わってないって笑ってたしな」

「なんだ、母に聞いたんじゃない……」

むっとしたら、誉士が苦笑した。

「でも、今の捺生を見てすぐ変わってないって思ったのは本当。なんつーの、笑い方とか昔と一緒だったから」

「そうかな？」

「そうさ。俺を見た瞬間にくしゃっと表情を崩すその笑い方、懐かしかった」

しみじみと昔のことを語る誉士。その表情はとても柔らかくて、本当に当時を懐かしんでいることが見て取れる。

そんな彼を見ていると、本当に昔から私のことが好きだったのかもしれない、と思えてくるから不思議だ。

「……私、そんなに思ってもらえるほど、昔、誉士になにかしたっけ」

自然と出ていたこの言葉に、誉士の眉がピクッと反応した。

考えても考えても、私を好きになってくれたエピソードが思い出せない。彼は一体、どこで私に好意を抱いてくれたのだろう？

考えても考えてもなにも浮かんでこなくて、腕を組み考え込む。

誉士はテーブルに腕を乗せ、軽く頬杖《ほおづえ》を突きながらじっとこちらを見つめている。

「なにかっていうんじゃないけど。登下校一緒にしたり長期休みに家族ぐるみでバーベキューしたり、楽しかったことを思い出すとそこに捺生がいたっていう……」

「なんだ、ないのか」

ガクッとなりかけたとき、でも、と誉士がすぐに口を開いた。

「でも、朝一緒に学校へ行こうと声をかけてくれたり、うちの両親が仕事でいないときに一緒にいてくれたりしたことはすごく嬉しかった。それに捺生、俺にいつも優しかったし。捺生は、俺が初めて意識した異性だったと思う」

会話の中にさりげなく織り交ぜられた言葉に反応し、体が熱くなってきた。

「そっ。そんな、大げさだよ」

「大げさもなにも、事実なんだから仕方ないだろ。実際、捺生が俺の初恋なんだと思う」

誉士の言葉に驚き、目が泳いでしまう。

今の誉士は外見だけで判断しても、明らかに男性として女性の目を引く。そんな男性に自分が初恋だと言われたら、絶対誰だって私みたいに動揺すると思う。

「そ……んなこと、言われても……」

「それよりもまだ決まらないのか？　俺と付き合うこと」

まだ答えが出ていないので、敢《あ》えて触れないようにしていたのに。

言われた瞬間、「えっ⁉」と声が出てしまった。

「ま、まだ、です……」

「ふうん……なにが引っかかってる？」

誉士の表情は穏やかだが、口調が穏やかじゃない。

「な……なにって、そりゃ幼なじみだった誉士と恋愛できるかどうか、よ。なんせ、私の中の誉士のイメージってまだ小四で止まったままだし……」

こーんな。と手で小四当時の誉士の背丈を表すと、大きくなった今の誉士が憮然《ぶぜん》とする。

「今ちっちゃくないけど。俺、百八十あるよ」

「そんなのわかってるわよ。こ……子供じゃないことくらい、いやってほど理解してるし」

あの頃の誉士でないことくらい、言われなくてもわかってる。

昔は女の子と見間違えるほど可愛らしかった顔は凛々しく、横顔なんか見ると本当に鼻筋が通っていて綺麗だと思う。それに腕まくりしたシャツから覗く腕は筋肉質で、浮いた血管がやけに男っぽく見えて仕方がない。

最初に私の後ろに立たれた時、真っ先に思った。この人は私の知る誉士ではないということを。

――そのせいでまだ混乱中で、はっきり答えが出せないいんじゃない……！

それを説明したかった。言葉は喉まで出かかった。でも、言えなかった。

「いやってほど理解してんの？　じゃ、一応異性として意識はしてくれてるわけだ」

相変わらず頬《ほお》杖を突きながら、誉士がにやりと口の端を上げた。その色気に胸がドキンと大きく跳ねた。

「い……意識っていうか……異性なのは事実だし……も、もうこの話は終わり!!　ほら、片付けてあげるから早く食べちゃって！」

これ以上照れているところを見られたくなかった。話を強引に切り上げ、私の前に置かれていた料理は全て誉士に寄せた。

「もういらないのか。捺生、小食になったな」

「職場で賄いも食べてるし、帰宅して食べるのはいつもこれくらいよ。夜も遅いしね」

このあとはお風呂に入って寝るだけだし、そんなに食べなくても問題はない。それに、だんだん夜遅くに食べると太るようになってきたので、ここ一、二年は自制しているのだ。

——職場でも賄い以外に試作品の味見とかで、ちょこちょこ摘まんでるし……なんだかんだでそこそこの量を食べてるのよ……

私が食べるのを完全にやめると、手を止めていた誉士が食事を再開させた。

「とにかく、あんまり帰りが遅くなるときは連絡よこせよ。本気で遠慮とかいらないから、俺を呼んで」

私の方を見ずに、誉士が低い声で呟く。

どう返事しようか数秒悩んだけど、反論してもどうせなんか言われる。だったらここは素直に従った方がいいか。

「……わかった。じゃあ、遅くなるときは連絡する。でも、忙しいときは無理しなくていいからね？　その場合は別の方法を考えるから」

「ん。よし」

くるしゅうない、という様子で誉士が頷き、また口に料理を運んでいく。

――なんか……この人私が年上だってこと、忘れてないかな……？

昔は懐《なつ》いてくれて可愛かったのに……

『捺生ちゃん、これ、おいしいよ。食べてみて』

古寺のおば様が焼いてくれたお菓子を、誉士はいつも真っ先に私のところへ持ってきてくれた。

当時の誉士はとにかく可愛かった。女の子のように顔が可愛いのはもちろんだけど、まだ声変わり前の高い声や人懐っこい笑顔は、小学校で遭遇したときいつも私の心をほっこりさせた。

私には五つ離れた弟がいるけれど、誉士の存在は弟とは違う。表現するのが難しいけれど、今思えば初めてできた年下で異性の友達、みたいなものだったと思う。

同い年の男の子とはなにかが違う。誉士が持っている独特な優しい雰囲気と気兼ねなく慕ってくれる感じが、一緒にいて心地よかった。

――そうだ、私……誉士と一緒にいるのが好きだった。今みたいにこうして向かい合わせに座ってお菓子を食べたりするのが……

昔のことを思い出しぼんやりしていると、誉士が残っていた料理を全て平らげ、ごちそうさまでしたと手を合わせているのに気がついた。

「あっ、終わりね？　片付けるわ」

反射的に椅子から立ち上がると、それを見た誉士が苦笑いする。

「いいよ。ここ俺んちだし、片付けくらいは自分でやるよ」

私につられて誉士も立ち上がった。でも、私はそれを手で制した。

「いいからいいから。これくらい任せてよ。それよりお風呂の準備でもしてきたら？　まだ入ってないんでしょう」

「それ、捺生だって同じだろう」

「私は明日も遅番だからいいのよ。出勤時間も今日と同じだし」

「じゃあ、捺生もうちで一緒に入っていくか」

誉士の唐突な提案に「は!?」となり、ちょうど持っていたプラスチック製ケースを落としそうになってしまった。

「え……？　今、何を……」

恐る恐る誉士に尋ねる。対面キッチンを挟んで向かい合わせになると、誉士は動揺する私が可笑《おか》しいのか、口に手を当て笑いを堪えていた。

「そんなに驚く？」

「ていうか、そもそも誉士がいけないんじゃない。急に変なこと言うから……！」

ムキになって言い返したら、誉士が一度コホンと咳払《せきばら》いをし、私に歩み寄ってきた。その顔は、なぜかとても穏やかだ。

「ごめん、つい。願望がまんま出た」

「それもどうな……」

コップを洗いながら隣にいる誉士に文句を言おうとした。でも、言い終わる前に背後から腕が現れて、私の体を優しく包みこんだ。

――えっ……

「捺生」

耳のすぐ横で名前を呼ばれ、声の甘さに激しく胸が疼《うず》いた。それと同時に体に巻き付く腕の力強さが、今背後にいるのは男である、と強く訴えてきている気がした。

――どっ……どう、しよう……

この家に入ってもう一時間近く経過しようとしているのに、今更こんなことを思っている私ってなんなのだろう。

この、明らかに大人の男である誉士は、ずっと私の目の前にいたのに。

「俺のこと男として見てくれているってことは、少しは期待してもいいのかな」

「……っ、そ、れは……」

「まだ決められない？」

無言でこくこく頷く。私のリアクションに、耳元でフッと誉士が吐息を漏らしたのがわかった。

「そうか。じゃあ……どうするかな。俺のことを意識してもらうために、ちょっと強引な手を使おうかな」

――強引な手……？

一体何をするつもりなのだろう、と肩越しに誉士を見上げようとした。すると、突然誉士の綺麗な顔が近づいてきて、あわやキスされそうになってしまう。

「ちょ……」

とっさに顔と顔の間に手を挟み、キスを阻止した。目の前にいる誉士は口元が見えないけれど、目や眉の感じからして憮然としていた。

「逃げんなよ」

「だってびっくりして……」

「嚙《か》みつかれるとでも思った？」

「か……っ！　そんなことは、思わないけど……い、いきなりは驚くよ」

誰でもいきなりキスされそうになったら、私みたいに動揺するに決まっている。

「いきなりじゃなきゃいいのか」

これと同時に誉士の手が私の顳にかかる。そしてなぜかコツンと額をくっつけ、至近距離で見つめられる体勢になってしまった。

――な、なにこれ。

「あの……誉士……」

「今日のところは我慢する。でも、次は我慢しないから、そのつもりでいて」

「我慢って、なにを……」

「わかるだろ。捺生が付き合ってくれることに承諾してくれたら、多分俺、すぐ捺生を寝室に連れ込むと思う」

――……な、なにを言われた、今……

私が目を丸くしていると、誉士が私の頬を両手で挟み、額をぐりぐりと押しつけてきた。

「ちょ、ちょっと‼　なにやって……」

困惑していると、ようやく誉士の手が離れていった。その際、片手が私の頬を撫《な》でながら滑り降りていく。手が離れてからも、余韻だけで胸がドキドキしている。

「今夜はこれくらいにしてやるか」

「～～～、こ、今夜はって……」

つ……次に会ったら何をされるの？

疑問に思ったけれど、それは敢えて口に出さずにおいた。

私は急いでシンクの中にあったものを洗い片付けると、ダイニングチェアの上にあった自分のバッグをつかんだ。

「か、帰るね、私」

「もう?」

誉士が不服そうに私を見つめる。

「もうって、こんな時間だし。誉士だって明日仕事なんだから早く寝ないと。じゃあ、ね」

軽く手を振って一目散に玄関を目指す。靴を履いて玄関ドアを開けると、すぐ背後に来ていた誉士が、後ろから「おやすみ」と声をかけてきた。

「……おやすみ」

肩越しにちらっと誉士を見て、私はそのまま古寺家を後にした。

ドキドキしっぱなしの空間を抜け、ほっとしたような、ちょっと寂しいようななんともいえない気持ちに、私は正直戸惑っていた。

――甘い……!　甘すぎるよ……!

恋愛経験の乏しい私には刺激が強すぎる。

それによく考えたらなんで今、私の前に現れたのかを誉士は明かさなかった。うまくはぐらかされたような気がする。

本気で彼は、離れていた期間も含めてずっと私のことを思ってくれていたのだろうか。だとしたら私は、誉士と今後どうなりたいのだろう……

そのことで頭の中をいっぱいにしながら、私は気がついたら自分の家のベッドに倒れ込んでいたのだった。

第三章　デートは楽しく、夜は甘く

古寺家で誉士に甘く迫られてから数日が経過した。

誉士に会った翌日は遅番だったが、昨日の今日で迎えに来てもらうのは、あんなことがあったせいで頼みにくい。でも彼の忠告を無視することはできず、結局最寄り駅からタクシーで帰宅した。

それからはシフトが早番になったので、今のところ誉士に連絡する必要がないことに少しホッとしていた。

なんせこの前あんなことになったお陰もあって、次に会ったら何をされるのかがどうにも気になってしまう。それを考えると胸が苦しくなって、頭の中が誉士で一杯になってしまう自分に戸惑いまくっていた。

――やばいな、私……すっかり誉士のこと意識してるし……

最初は子供の頃から知っているあの誉士と恋愛なんて、はっきり言って無理じゃない？と決めつけていたところがあった。

でも、今、その気持ちは薄れ始めている。それどころか誉士のことを好きになりかけているような気もしてくる。

——だって……今の誉士、恐ろしいほど【男】なんだもの……

別に御曹司かどうかは判断基準には関係ないが、あれだけの美形男子に甘く迫られると、どうしたって意識せずにはいられないと思うのだが。

だからといってまだ再会してさほど日数も経てないのに、相手の勢いに圧されてあっさり交際するのもなんだか癪《しゃく》で、自分の気持ちに素直になれない。

「……はあ……」

なんでこんな状況に陥っているのだろう……とため息をつきながら、職場のダイニングカフェで開店前の準備を進める。

そこそこ広さのあるフロアをモップがけし、大通りに面している大きなガラス窓を綺麗に拭き上げていると、開店の時間が近づいてきた。フロアに戻って開店前の軽いミーティングを終え、十時きっかりに店を開ける。

ランチタイムは十一時からなので、それまでの一時間はカフェタイム。ドリンク類のテイクアウトも扱っているので、ふらりとやってきたお客様がテイクアウトでコーヒーを買っていくことも多い。

その対応に追われていると、あっという間にランチタイムに突入した。十一時半を過ぎると若い女性や小さなお子様を連れた女性グループや、昼食を食べに来たサラリーマンなどで店内はほぼ満席になる。

忙《せわ》しなくキッチンとフロアを行き来し料理を運び、空いたテーブルを片付けつつ、レジ対応と来店したお客様のご案内……などをしていると、ランチタイムはあっという間に過ぎていく。

就職したばかりの頃は慣れなくて失敗も多かったけれど、五年近くこの仕事をしているとすっかり体は慣れた。多少の忙しさでもテンパることなく対応できるようになった。

——ふー……今日も忙しかった……

ランチタイムを終え、遅番の社員が出勤してきたタイミングでようやく休憩時間となる。今日の賄いはポークカレーだ。

事務所のテーブルで真壁さんと向かい合いながら、カレーを口に運ぶ。

「ん、おいしい」

角切りのお肉はやわやわ。カレーは長時間煮込んだだけあってコクが深い。賄いでこういう美味しい物が食べられるのも、この仕事のいいところだと思う。

「とろとろの牛肉も好きだけど、私、豚肉好きだからこっちの方が好きなんだよね」

真壁さんがもぐもぐとお肉を咀嚼しながら頷く。ちなみに私は牛も豚もどっちも好きだ。なんだったらチキンも好きだ。つまりお肉だったら大体好きだ。

「そういや、例の元彼どうなった？　連絡したの？」

まさかの話題が真壁さんから飛び出した。

「してないですよ。するわけがないです。メモも捨てました」

「あらら。そうなの？　そんなに嫌いなんだ」

「嫌いっていうか、どうでもいいっていう感じです」

「へえ。それって、他にいい人がいるからとか？」

鋭いところを突かれ、反射的に真壁さんを見る。彼女はそんな私を見て、なにかを敏感に察知したようである。

「あ、図星だー」

クスクス笑われる。その辺りをちゃんと説明するためにも、一旦食べる手を止めた。

「あの……まあ、否定はしません。でも、まだ付き合っているとかそういうんじゃないです。その人とも最近再会したばっかりなので」

正直に話したら、今度は真壁さんが食べるのを止める。

「え、そうなの？　再会したばっか……ってことは、もしかして過去になんかあった人とか……？」

真壁さんは事情を聞きたくてうずうずしている。そんな感じに見えた。

――まあ、真壁さんならいいか……それに私も誰かに話した方が気持ちが楽になるかもしれない。

という考えに至ったので、真壁さんに誉士とのことを大雑把《おおざっぱ》に説明した。それを聞いた真壁さんは、腕を組みすっかり話に聞き入っていた。

「ほうほう。じゃあなに、十五年ぶりに再会した幼なじみが、実は大企業の御曹司で、しかも角間さんのことをずっと好きでいてくれた、という……なにそのドラマみたいな話」

「で、ですよね……私も最初聞いた時はちょっとよく理解できなかったんですけど、やっと事実として受け止められるようになったんで」

話している間にまた事実を再認識して、恥ずかしいような居たたまれないような気持ちになってきた。

真壁さんは一度席を離れ、事務所に置いてあるウォーターサーバーで水を汲《く》んできた。それを飲んでから、また腕を組みしみじみと頷いていた。

「そっかー。それじゃあ元彼なんか全く目に入らないわねえ……そんなハイスペックな幼なじみがいるんだもの」

「はあ、まあ……」

「で、悩むってなにを悩むの。嫌いじゃなきゃ付き合えばいいじゃない？」

あっさり言われて、ガクッと肩を落とす。

「そうなんですけど……でも、相手が相手なので、安易に返事できないっていうか」

「そうなの？　なんで？」

　真壁さんが首を傾げる。

「なんか私、戸惑っちゃって。もちろん男性として見られないとかじゃないんです。ちゃんと男だって意識はしているんですが……親同士もよく知っている間柄だからこそ、簡単に付き合うことをＯＫできなくて」

「でも生理的に無理とかいうんじゃないでしょ？　好きになれそうなら問題ないんじゃない？　付き合ってるうちに気持ちは勝手に後からついてくるかもよ」

「それもちらっと思ったりしたんですけど……」

　家族ぐるみで知り合いだし、誉士は今、我が家の隣に住んでいる。もし付き合ってみてうまくいかなかったら、家同士の関係もギクシャクしてしまうのではないか。

　それがネックになって、誉士と深い関係になることを躊躇《ちゅうちょ》しているところはあるかもしれない。

「でも、断ったことで、その幼なじみ君とこれきりになっちゃうのは嫌なんじゃない？」

「はい……それは、そうですね……」

　十五年の間まったく連絡をとっていなかったけど、再会してみたらやっぱり懐かしいし、また会えて嬉しかった。親も古寺のおば様と会えて嬉しそうだったし、できれば誉士を含めた古寺家とはこれからもずっといい関係を続けていきたい。

その付き合い方をどうするかが私にとって今、一番の問題で。

交際して男女の仲になるのか、ただの隣人&幼なじみとしてやっていくのか。自分がどちらを望んでいるのかがまだはっきりしないのだ。

こういう状況になってみて、自分がいかに優柔不断だったかを知ることになった。

早く決めなければいけないと思えば思うほど、自分の気持ちがよくわからなくなる。こんな経験は人生で初めてだった。

「はあ……もう、どうしましょう……まさか自分が恋愛でこんなに悩むことがあるなんて思ってもみませんでした……」

項垂《うなだ》れると、目の前にいる真壁さんから笑い声が聞こえてきた。

「元彼のときはきっぱり断ってたもんね。えらい違い」

「そこに関しては迷わなかったので」

「とにかく自分の気持ちに正直に。後悔しないようにしてね？　断ってからやっぱり、なんてことにならないように」

「はい……」

話に夢中になりすぎて、カレーはすっかり冷めてしまった。でも、冷めたカレーもこれはこれで美味しいと思う。

早番ならば帰宅する際に誉士に連絡をする必要がない。

そのことが頭にあったので、この日の私は仕事を終えると、そのまま買い物へ出かけた。デザインが好きでよく立ち寄るアパレルショップや日用品を扱う雑貨店などを覗き、必要なものを買ってから帰路に就いた。最寄り駅に到着したのは夜の八時近かっただろうか。

ちなみに私物は必要最低限にすると決めている私。新しく洋服を買う場合は、買った数だけ古い服を処分すると決めている。そのため新しい服を買い足してもクローゼットに入っている服の数は増えないというわけだ。

――最初はやっぱりものに愛着があってなかなか捨てられなかったんだけど、慣れたらすっきりしてるのが快適になったんだよね……捜し物もしやすいし。それに夏冬合わせてもクローゼットに入る分しか服がないから、衣替えもいらないし。

今のところ困ることもないので、当分はこのままのスタイルで行くつもり。これを母にも勧めてみたのだが、

『せっかく買ったからまだ捨てたくない』

と拒否されてしまった。その気持ちもわからないではないが、母のなんでもかんでもため込む性分はどうにかしたほうがいいと常々思っている。

買い物袋を肩から提げ、駅からまっすぐ延びる住宅街まで歩く。夜八時を過ぎているので、周囲はもう暗い。でも、私と同じように帰宅途中の学生や女性が何人か歩道を歩いて

いるので、そんなに危ないとか身の危険を感じることはなかった。

――まあ、これくらいの時間なら問題ないよね？

この状況でも誉士はなにか言ってくるだろうか……？　と頭の中でムッとしている誉士の顔を思い浮かべる。すると、背後からタッ、タッ、タッ。と軽快な足音が聞こえてきた。

ここに来る途中でも、何人かランニングしている人に遭遇した。だから別に怪しい、とは思わないのだが、すぐ後ろからついてこられるとなぜだろう。急に不安になってくる。

――やだなあ……気になる……

だったら振り返って確認すればいいのに、と思うけれどその勇気が出ない。

いろいろ悩んだ結果、私も走って帰ることにした。

スニーカーだし、走るのは意外と得意。だからこっちもランニング感覚で走り始めた。

しかし。次第に聞こえなくなるはずの足音が、なぜかまだついてくるではないか。

――あれ……なんで⁉

もっと速く走ればいいのかと、さらに走る速度を上げる。すると、背後から「捺生‼」と叫ぶように名前を呼ばれビクッとした。

この声には聞き覚えがある。

「……誉士？」

振り返りながら名前を呼ぶと、少しムッとした顔で肩を上下しながら、こちらに歩いてくる誉士の姿があった。上はウインドブレーカー、下は膝までのハーフパンツ。どちらも薄手のスポーツウエアで、足下はスニーカー。

格好だけ見れば、明らかにランニング中だとわかる。

——なんだ、誉士か……！

不審者かと思っていたので、誉士だとわかった途端全身から力が抜けそうになる。

「俺だよ。捺生って意外と足速いよな……今帰りなのか」

「そうだけど。それより、なんでずっと後ろからついてくるのよ！　ふ……不審者かと思ってめちゃくちゃ不安だったんだから！」

「え。あ、ごめん。ただ日課のランニングのついでに駅まで来てみただけだったんだけど。さっきうちの母からの届けものを持って角間家に行ったら、おばさんが捺生はまだだっていうから」

「それならもっと早く声かけてよ。だいぶ前から私だってわかってたでしょ？」

こんな、誰が見ているかわからない公共の場で、本気の言い合いになってしまった。

でも仕方がない。本当に怖かったので。

私にキャンキャン言われた誉士も、きっとイラッとしたのだろう。やや不機嫌そうに言い返してきた。

「かけようと思ったら捺生が急に走り出すから！　途中信号で巻かれそうになって焦った

よ！　……でも、驚かせて悪かった。ごめん」

被っていたキャップを外し、バツの悪そうな顔をする。

意外にも誉士が先に折れた。

最近強引なところばかり見ていたせいか、ギャップでキュンとしてしまった。なんていうか、困り顔に母性本能がくすぐられる感じがした。

「い……いいけど。それより、いつもこんな時間にランニングしてるの？　今日は仕事だったんじゃ……」

誉士が私に歩み寄ってきて隣に並んだ。彼を見上げ顔をよく見ると汗だくで、玉のような汗が顎を伝って滴り落ちた。

「今日は珍しく定時で上がれたから、帰宅早々すぐに外に出たんだ。本宅に住んでいるときも、時間があれば体力作りを兼ねて走ることにしてたから」

「そうなんだ……ジムにでも通ってるのかと思ってたけど」

「通うのが面倒で無理。それより、今日は早番だって聞いてたけど、随分遅い帰宅だな。……買い物？」

誉士の視線が私が肩から提げているエコバッグに注がれる。

「うん、そう。本当はもっとゆっくり一人でお茶でも飲みたかったんだけど、遅くなりそうだったから途中で切り上げてきた」

「早番でも遅くなるのなら連絡よこせよ。迎えにいくから」

「え。でも、買い物したかったし……」

反論したら、隣の誉士からため息が漏れた。

「買い物なら休日に俺が付き合うから。なんなら今度の休みにどこか行くか？」

いきなり誘われて、無言のまま誉士を見上げる。隣にいる誉士は私を見下ろしているが、その目がとびきり優しいので、つい無言のまま見とれてしまった。

「なんだ。俺が一緒だと嫌なのか」

「そ……そんなことない。でも、誉士は土日が休みでしょう？　私は平日休みだから、そもそも予定が合わないよ？」

たまに土日のどちらかで休みを取ることはあるけれど、基本的に社員は土日出勤。この前、澤井君に会うため休みをもらったので、しばらく土日休みはない。

「平日のどこかで代休取る予定だったから問題ない。俺が捺生の予定に合わせるよ」

「……う、うん……それならまあ、いっか……」

合わせてくれるなら断る理由もないし、いいか。

あまり深く考える事なく返事をしたら、誉士がすぐに「よし」と反応した。

「次の休みはいつなんだ？」

「……今度の木曜、だけど……」

「わかった。代休が取れたら連絡する」

「そんなにすぐ？　もっと先でもいいのに」

「捺生の気が変わらないうちに決めておきたいから」

あっさり一緒に出かける流れになっている。

十五年ぶりに幼なじみとどこかに出かけることがとても意外で、まだ実感が湧かない。

「……誉士と一緒に出かけるって、子供のとき一緒に学校行った以来じゃない？」

「まあ、そうかも」

誉士が素直に頷く。

そのとき、私の頭の中には誉士と一緒にランドセルを背負い、通学路を並んで歩く光景が浮かんでいた。

今も並んで歩いているけれど、当時私よりも背が小さかった誉士は、こっちが見上げるほど大きくなった。声だってあの頃と全然違う。

初めて会ったときに気づいてはいたけれど、改めて十五年の月日の長さというものを実感せずにはいられなかった。

「ふふっ……誉士、あの頃と全然違うね、本当に……」

思わず笑いがこみ上げてきた。

「当たり前だろ。十五年も経ってなにも変わってなかったら、そっちの方が問題だ。それに」

「……それに？」

ふと、隣を見上げた。私の目に映るのは、綺麗な横顔に真剣な表情の誉士。

「捺生にはあの頃の俺じゃなくて、今の俺を見て欲しいんだけど」

さっきと違う少し穏やかなトーンで、誉士が呟いた。まるで、心の奥底にあった本心を打ち明けるかのように。

それは、あくまで私にそう聞こえただけで、本人はそんなつもりはないのかもしれない。でも言われたこっちは、今の言葉をスルーするなんてできなかった。

――今の、誉士……

「……私、ちゃんと見てるよ。今の誉士……」

「どうせ外見は、とか言うんだろ」

はっ、と誉士が自虐的に笑う。一応それに返すように私も笑ったけど、そうじゃない。

そうじゃないんだよ、誉士。

――一応、ちゃんと今の誉士を男として意識してるんだけどなあ……でも、敢えて口にしなくてもいいか……

追々態度に出せばわかってもらえるかな？　なんて思いながら、しばらくの間誉士と並んで歩いた。

この翌日、仕事の合間にスマホを確認すると、誉士から代休が取れたとメッセージが届いていた。行動が早いな。

このメッセージを見てから、私の頭の中はずっとそのことでいっぱいだ。

【行きたいところ考えておいて】

――行きたいところ……行きたいところかあ……言われるとあれもこれも出てくる……この前行かれなかったショップも行きたいし、たまには美術館なんかも行きたい。それを言ったら水族館とか動物園なんてのも数年行ってない。

どうしようか考えながら賄いのお皿を洗っていると、いつの間にか隣に学生アルバイトの細田《ほそだ》さんが来ていた。

「角間さん、この前お手紙くれた方とはその後どうなったんですか？」

微笑みながら私の返事を待っている彼女は、細田乃恵《のえ》さんという。店の近くにある女子大に通っている二十歳の学生さんだ。

身長が私よりも五センチほど低く顔も小さい彼女は、長い髪をいつも頭のてっぺんでお団子にしている明るい女性。愛想がよく、常連さんからの評判もいい。彼女目当てに来る男性客もいるという噂《うわさ》だ。

そんな彼女はとても男性にモテそうなのだが、意外にも今、彼氏はいないのだという。

「どう……と言われても、どうにもなってないよ？」

「え？　でも、メモに連絡先書いてあったじゃないですか。連絡しなかったんですか？」

彼女の言葉にピンときた。

「……細田さん、中、見たね？」

一応メモは折り畳んだ状態だったはず。それなのに中になにが書いてあったかを知っているのは……そういうことだ。

指摘したら、細田さんが「てへっ！」とわざとらしく笑った。

「だってー、あんなイケメンサラリーマン目立つから‼　角間さんの彼氏さんなのかなーって気になっちゃって」

「あの人外見は爽やかなんだけど、中身が問題ありなんだよ」

私の呟きに細田さんが食いついた。

「えっ？　中身が……？　どんなふうに問題ありなんですか⁉」

私の袖を摑み目を輝かせる細田さんに、もしや。と思った。

「細田さん……あなた、もしかして澤井君がタイプだったりする？」

まさかね、と思いつつ聞いてみたら、細田さんが元気よく「はい！」と頷く。

「私、ああいう狐《きつね》っぽい顔のイケメン好きなんですよねえ……それに、ちょっと素っ気ないところも意外とツボだったりします。あ、素っ気ないなっていうのは、接客したときに感じただけなんですけどね」

キャッキャしてる彼女は、どうやら本気で澤井君のことを気に入っているらしい。

「そうなんだ？　そんなに澤井君のことが気になるのかあ……。私は苦手なんだけど」

「でも、あんなメモ寄越すってことは、あの人角間さんのこと好きなんですよね？」

「いや、どうなんだか……って、あの人一応元彼なの。なぜか復縁したいって言われてるんだけど……でも、これは勘だけど、なんか私のことが好きで復縁を迫ってきている感じではないんだよね」

澤井君の言動を訝しがる私に対して、細田さんがうーん、と唸《うな》った。

「もしや……角間さんこの前、テレビに出たじゃないですか。あれを見て、今の角間さんが綺麗になってるもんだから、惜しくなったんじゃないですか？」

「……そう、なのかなあ……」

彼女の言うことが事実かどうかはわからないけど、可能性はある……のかな。でも、それだけじゃないような気もするけど。

「私もですねー、以前そんなようなことありましたよ。私から告白したら振ったくせに、私がショートヘアにしたらそれがツボったらしくて、急に向こうから付き合ってって言ってきたことがありました。髪形が変わっただけでこんなに態度が変わるものかと当時は驚きましたが」

「で……そのあとはどうなったの？　付き合うことにしたの？」

「んなわけないじゃないですかー！　ふざけんなって振りましたよ。その件以来、二度とショートヘアにはしないって誓いました」

彼女の頭のてっぺんでお団子になっている長い髪に目が行ってしまう。

「でもそっかー。それじゃ角間さん今大変なんですね？」

「大変、なのかなあ……とにかくちゃんと話し合ってはいない状態なんだ。あ、もしまた店に来てもメモとか取り次がなくていいからね？」

「わかりました。なんでも協力するんで言ってくださいね」

お礼を言うと、細田さんは笑顔でここから去って行った。

澤井君は外見だけはいいんだから、あの性格をどうにかすればもっとモテるのに。

私がこんなことを考えてもどうにもならない。でも、思わずにはいられなかった。


誉士と一緒に出かける当日の朝。

昨夜まではとくになにも意識していなかったのに、いざ当日を迎えたらなぜか緊張して落ち着かない。お陰でだいぶ朝早く目覚めてしまった。

――相手は誉士といえど、やっぱ男の人、だからかな……

服だってなんだっていいやと思っていたのに、選ぶとなるとなにを着たらいいのかとても悩んでしまった。

とりあえずあまり気負わず、いつも通りの自分でいこう、と決めた。着替えもメイクも済ませて一息つこうとすると、誉士が迎えにくる時刻までは数分ある。

セミロングの髪は下ろすだけにして一階リビングで待つこと数分。我が家のインターホンが鳴った。

「じゃ、行ってくるから」

「はーい、いってらっちゃい」

母に声をかけリビングを出た私は、真《ま》っ直《す》ぐ玄関に向かいドアを開ける。

「おはよう」

開いたドアの隙間から、いつもと変わらぬ誉士の声と、カジュアルな服装の本人が現れた。当たり前だけど、スーツ姿の彼とは全然違う。

黒い丸襟のシャツの上にグレーのカーディガンを羽織り、ボトムスは濃いブルーデニムという格好は、なんてことはない普通の格好。でも、持って生まれたスタイルと顔の良さで何倍もセンスよく、スタイルよく見える。

イケメンで身長があるって得だなあ、と思った。

「おはよ、お待たせ」

玄関で靴を履き終え顔を上げると、誉士がじーっと私を見下ろしていた。あまりにも見られているので、なんだか気恥ずかしい。

「ちょ……なに？　あんまり見られると怖いんだけど」

「いや……俺とのデートに捺生がどんな服を着てくるのか興味あったから見てただけ」

誉士がしれっと言う。

言われたこっちは、つい自分の格好をまじまじと確認してしまった。

今日の格好はシンプルな白いシャツにロングスカートを合わせただけ。とはいえ、仕事のある日はいつもパンツスタイルだったので、再会してから誉士の前でスカートを穿《は》くのは初めてだ。

「服？　服……そんなに特別オシャレをしたわけじゃないんだけど……」

「可愛いよ。スカート、似合ってる」

——ん？

反射的に誉士を見る。

「今……可愛いって言った？」

「言った」

「そ……それ、本気で言ってる？」

「当たり前だろ。ほら、行くぞ」

照れもせず、誉士がくるりと踵《きびす》を返し、そのまま歩き出した。

──ちょっと……そんな、なんでもないことのように言わないでよ。こっちが照れるじゃないの……‼

急激に熱くなった顔を手で扇《あお》ぎながら、先を歩く誉士の後を追った。

一緒に出かけると聞いたときから、この前職場に送ってもらったあの車で行くのかと考えていた。しかし今日、古寺家の駐車場に停まっていたのは、別の車。

黒い外車のＳＵＶがこの駐車場にあるのを見たのは初めてだった。

「この車は一体どこから来たの……？」

誉士がドアに触れると、全てのドアが解錠された。

「どこって、これが俺の車。この前乗ったのはうちの車だって言ったろ？　あれは、職場から帰宅するときに足代わりに急遽借りただけ」

「……そ、そうなの、ね……」

そう言えばこの人が御曹司であることを今思い出した。

──いけない……すっかり忘れてたけど、この人、私とは住む世界が違うくらい、お金持ちなんだった……

それを思い出し、車を汚さないようそーっと乗り込んだ。

車に乗ってすぐ借りてきた猫みたいになった私に、誉士が不思議そうな顔をする。

「……なんだ？　急に大人しくなって。まさかもう腹でも減ったのか」

「違うし」

なんでそうなるのよ。とこめかみがピキッと疼いた。

「そうじゃなくて……つくづく誉士って私と育った環境が違うなあって思い知っただけ」

「御曹司、ってやつか」

誉士が可笑《おか》しそうに言う。

「そうだけど……」

「御曹司っていうけど、それはあくまでも俺の生まれた環境であって、俺自身は特別自分がそうだとは思ってないけど」

車のエンジンをかけ、Ｂｌｕｅｔｏｏｔｈでスマホからナビに音楽を飛ばす。流れてきた曲は、アップテンポな洋楽だ。この車と誉士によく合っている。

――センス……いいな……

「いや、どこからどう見ても御曹司でしょ。お父様が会社経営してて、こんな大きな家に一人で住んで……その外見も相まって絶対女子がほっとかないよ」

「好きでもない子に構われたって嬉しくないんだけど」

「そ、そうかもしれないけど……というか、これはあくまで客観的に見たときの話だから」

「興味ない人に近づいてこられても、正直困るんだよな……」

本当に嫌そうにしているところを見ると、この人、本当に他の女性に興味がないのか。

へえ……と思いながら誉士を見ていると、ため息交じりに彼が家のことを話し始めた。

「まあ、環境は確かにそうかもしれないけど、家の中は結構普通だよ。家にある調度品とかも、高価そうに見えて実はそうでもない。父がフリマでゲットしたような安価なものも紛れてるし。それによく思い出してみろ、子供の頃うちの両親共働きだったから俺がよく角間家に預けられてたんだろ？　金持ちだったらお手伝いさんとか、家族以外の人がいそうなのに」

「あれ。そういえばそうね」

確かに誉士の言うとおり、私達が小学生の頃、お隣のご両親は不在がちだった。それに、お金持ちの家ならお手伝いさんがいてもおかしくないのに、古寺家にはいなかった気がする。

「お手伝いさんとかいなかった……よね？」

「いないよ。うちの両親、どんなに忙しくても家のことは自分達でどうにかしてたし。それでも年に二回くらいハウスクリーニングの業者を呼ぶことはあったけど、母も仕事を終えてから食事の支度してくれて、父親も俺のことを母任せにはしなかった。俺は、そういう両親を見て育ったんで、自分が御曹司って言われるのはどうも違和感がある」

車を駐車場から出し、大きい通りまでの道を進んでいく。速度はゆっくりで安全運転だけど、ハンドルさばきは滑らかで余裕がある。

「でも今、ご両親が住んでる本宅……だっけ？　そっちにはお手伝いさんとかいるんでしょう？」

「一応いるけど、ほぼ祖母の世話を担当しているから、俺たちはあまり関わらないかな」

話を聞くと、どうやら誉士のお祖母様がかなりの高齢で足が悪いため、家にはお祖母様専属の家政婦さんがいるらしい。

運転手さんやお父様の秘書はいるものの一緒に住んでいるわけではなく、通い。よって、一緒に住んでいる家政婦さんは一人だけで、昔同様家のことは自分達でやっているのだそうだ。それは意外だった。

「へえ……そうなんだ」

この話を聞いたからなのかは分からないけれど、最初この車に乗り込んだときのような緊張感が薄れ、気持ちがやや軽くなってきた。

「俺の環境や肩書きを気にする必要はないよ。これ、前も言わなかったっけ？」

「……そうは言っても、多少は気になるものなの。ましてや……っ、付き合ってくれとか言われてる身としては」

今ここでこの話を出すのは気が引けたけど、言わずにいられなかった。

だってもし私と誉士が付き合ったとしたら、お互いの年齢的に自然とそういう話になるだろうし……

――しまった。うっかり結婚なんて考えたら恥ずかしくなってきた。

しかもまだ交際の申し込みに返事すらしていないのに、私はなにを考えているのか。というか、こんなことを考えてドキドキしているのなら、もう誉士のことが好き。と結論づけてもいいのではないだろうか。

多分、この気持ちは幼なじみに対する家族愛に似た愛情とは違う。私は、もうとっくにそのことをわかっているのではないだろうか。

――私……私は……誉士が好き……？

無言のまま、隣でハンドルを握る誉士にゆっくり視線を移す。そんな私の視線に気がついた誉士が、チラッと一瞬だけこっちに目を遣った。

「なに？」

「あ。う、ううん。なんでもない」

慌ててぶんぶん手を左右に振った。

「なんだよ。まさかまだ寝ぼけてるわけじゃないだろうな」

「そんなわけないでしょ。少なくとも誉士よりは早く起きてる自信あるわよ……」

「マジで。そんなに早起きなのかよ」

ははっ、と楽しげに笑う誉士を見て、自然と顔が緩んだ。

――まだ言わなくてもいいか……きっと告白したら今以上に緊張しちゃいそうだし……今は幼なじみ以上、恋人未満の気分を味わいたいかも。

帰りのどこかではっきり自分の気持ちを伝えよう。そう決めた私は、とりあえず今日はデートを楽しもうと気持ちを切り替えた。

「ところで聞くの忘れてたけど、行きたいとこってどこ」

誉士に聞かれて、はっ、と現実に引き戻された。

「そうだった。色々考えてたのよ。買い物ももちろん行きたいけど、滅多《めつた》に行かないような場所に行きたいなって」

「滅多に行かないような場所って、どこ」

「えーと、ど……動物園、とか」

すると、運転席の誉士が前を見据えたまま軽く目をパチパチした。

「動物園に行きたいの？」

「い、いいじゃない……最後に行ったの高校生のとき以来だもの。久しぶりに行ってみたいかなって、思って……あっ、嫌ならいい!!　今度一人で行くから」

「嫌じゃない。いいよ、行こう」

誉士の機嫌を損ねる前に別の所を提案……と思っていたら、意外なことにすんなり承諾してくれた。

「よく考えたら俺も久しぶりだ」

「そ、そうでしょ？　なんか、たまにはいいかなって……今日は平日だから、きっと家族連れとかも少ないだろうし」

「確かに。じゃあ、そこのコンビニに停まるから、行きたいところを目的地に設定して」

「あっ。はい」

誉士は宣言通り、すぐに見えてきた車道の左側にあるコンビニに入った。車をスムーズに駐車スペースにバックで停めると、すぐシートベルトを外した。

「飲み物買ってくる。捺生はなに飲む？」

「えっ、あ？　じゃあ、ペットボトルの緑茶でお願いします」

「了解。じゃあ、ナビ設定できるところまで頼む」

そう言って誉士が車を降り、コンビニに行った。その間に私は行きたい動物園をナビで検索し、それを目的地に設定して推奨ルートを表示する。どうやらこのナビは有料道路優先の設定がされているため、推奨ルートに上がってくるのはどれも有料道路を使用した場合のルートだ。

――……ゆ、有料……にする？　そっちの方が確かに早いけど。でも、別に急いでないしな～……ここは誉士に判断してもらうか。

ルートは誉士に判断してもらうことにして、一日設定をストップする。すると、コンビニに行った誉士がドリンクを手に戻ってきた。

「おまたせ。どう、できた？」

「うん、目的地は設定した。あとはルートだけ。推奨ルートが有料優先になってるんだけど」

「じゃ有料でいいよ。一番早く到着するルートで設定して」

「わかった」

誉士の指示を受け、早速ナビ画面をタップしようとする。が、ここで誉士が私にお茶を差し出した。

「ほら、これ」

「あ、ありがとう」

ペットボトルを受け取り助手席のホルダーに入れていたら、いきなり頬に冷やっとするものが当てられて、「きゃっ!?」と声を上げてしまった。

「ははっ。いい反応」

私を見てけらけらと笑っている誉士にムッとしつつ、彼の手にある物へ視線を落とす。それは、私が昔好きでよく飲んでいた紙パック飲料だった。

「……ん？　いちごみるく……？　しかもこれ、復刻版じゃない。どうしたのこれ」

私が子供の頃からあるこのドリンクは、現在全く違うパッケージデザインで売られている。しかし誉士が手にしているのは、私が子供の頃飲んでいたものと全く一緒だった。

このパッケージを見るのは随分久しぶりで、懐かしい気持ちになる。

「期間限定で復刻パッケージらしい。捺生これ好きだったろ。やるよ」

誉士が私の太股《ふともも》にポン、とドリンクを置いた。

「え、いいの？　もしかして私がこれ好きなこと覚えてた……とか」

「当たり前だろ。昔、角間家に行くと捺生こればっか飲んでたもんな。そのお陰で俺の中では、このパッケージと捺生はセットで記憶してる」

クスクス笑いながら、誉士は自分用に買ってきた無糖ブラックコーヒーに口をつけた。

私はなぜだか、その横顔に釘付《くぎづ》けになってしまった。

「いちごみるくとセット商品みたいね……でも、悪くないかも……」

もう十五年も前なのに、私が好きな物を覚えていてくれた。

そのことにじんわりと胸が熱くなって、誉士のことを愛《いと》おしく思う。

それは、さっきも思った通り家族愛のようなものじゃない。はっきりと、この男性を異性として愛おしく思う気持ちだ。

この感情はやはり恋以外にない。

——私、やっぱり誉士のこと好き、だわ……

改めて自覚したら、いちごみるくのパックを持つ手が緊張で少し震えた。

「……さ、先にこれ飲もうかな……ありがとう、誉士」

「ああ。じゃ、ルート案内開始して行くか。ところで捺生、どこに設定したの」

「え？　ああ……ここから近くてそこそこ規模が大きいところにした。でも、ごめん。有料道路利用して到着時間まで一時間以上あるね」

「まあ、それくらいは想定内だな」

車を発進させながら苦笑していた誉士だったが、そのあとはなにも言わず、私の行きたい動物園へ真っ直ぐ向かってくれた。


ナビどおりのルートを経て一時間とちょっと。私と誉士の乗った車が動物園の駐車場に到着した。案の定、平日ということもあって車はそれほど停まっていない。

「空《す》いてそうだな。これならのんびり見られるかも」

誉士が車から降りるのを確認し、私も助手席から降りた。園のゲートがある向こうからは、なんの動物の鳴き声かわからないけど、いろんな鳴き声が聞こえてくるこの感じ。本当に懐かしい。

今の私は、気持ちだけ子供の頃に戻っている。

「わー、やっぱ現地に来ると全然違うね。楽しみでゾクゾクする。よし、行こっか」

入園券売り場に向かって歩き出した私の横に、すっと誉士が並ぶ。そして間を置かず、私の手に誉士の手が絡みついてきた。気づけばあっという間に手を握られている。

「あ、あの～……誉士？」

「いいだろ？　これデートだし」

デートと言われると、そうか、と妙に納得する自分がいた。でも、どことなく恥ずかしくて、手を繋《つな》いだカップルが他にもいないか周囲を見回してしまう。

よくよく見たらカップルが数組、手を繋いでいる人達も何組か存在した。

「いい、けど……でも、これって結構照れるね」

「そうか？　子供の頃もよく手、繋いだだろ？　ほら、通学のときとか、地区の祭りのときとか」

「そうだけど。でも、あれは急いでたとか、混み合ってるから迷子にならないように、っていう意味でしょ。……それに、大人になってから手を繋いだことないし」

澤井君と付き合っていた短い間にだって、手を繋いだことなんかない。よく考えなくても、こんなのは初めての経験なのだ。

――昔の誉士の手は柔らかかったけど、今の誉士の手、全然違うじゃない。堅くて、力強くって、男らしくて……

つい先日、この手に後ろから抱《だ》き竦《すく》められた。それを思い出したら誉士の方を向けないくらい意識してしまう。

「チケット買ってくるから、ここにいて」

「う、うん。ありがとう」

誉士がこのタイミングで手を離してくれたことに、ほっとした。

まだデートも始まったばかり。なのに、こんなに意識してドキドキするのはまずいのではないだろうか。

――帰りまで私の心臓はちゃんと保ってくれるだろうか……

私は誉士がチケットを手に私の元に戻ってくるまで、気持ちを落ち着けるために何度も深呼吸を繰り返したのだった。


動物園は当初の予想通り、平日ということもあって観覧客は少ないほうだと思う。

保母さんと保育園の園児数名や、さっき目撃したカップル、それと小さな子供を連れた母親らしき若い女性などがポツポツいて、園内はゆったりのんびりとした空気が流れていた。

この動物園には高校生の頃、友人と長期休みに遊びに来たことがある。十年近く経過しているけど、どの建物も見覚えがあった。さすがに年月を経て古くなっているのは否めないが、とにかく懐かしい。

「あ、そうそう。最初にこのインコがいたの覚えてる」

園の中に入るとすぐにある大きな鳥小屋に、色鮮やかで大きなインコがいた。これも当時と変わらない。

「うわー、大きい……」

小屋に近づきじっとインコを見ている私の横で、誉士がキョロキョロと辺りを見回している。もしかして誉士はここ、初めてかな。

「誉士、ここ来るの初めて？」

「うん」

思った通りだった。

「そっか。男子はそんなに動物園とか行かないものなのかな？」

「いや、それは個人差があると思うけど。俺の場合日本にいなかったのと、学生時代は勉強ばっかかしてたからな……」

しみじみとインコを見つめ、誉士が淡々と語る。

――そうだった。誉士って、高校まで海外だっけ？　それに大学だってすごく偏差値の高いところだし……

私なんか到底及ばないくらい頑張ったんだろうな……と、誉士の背中に尊敬の念を送る。

鳥小屋を離れ、順路に従って奥へ進む。狸《たぬき》や狐、アライグマにハクビシン。その奥にはニホンザルにチンパンジー、さらに進むとクジャクもいた。クジャクは昔たまたま羽を広げたときに遭遇し、その美しさに衝撃を受けたけど、残念ながら今日は羽を広げてはくれなかった。

「懐かしいなあ、そうそう、こんな感じだった！　向こうに行くとフラミンゴがいるはず」

「よく覚えてるな」

「うん、すっごく綺麗だったから。色がね、本当に綺麗なサーモンピンクで」

嬉々《きき》として語っていると、なぜか誉士の表情が訝しげになっていく。

「怪しいな……以前一緒に来たのは男じゃないだろうな」

「え？　違うよ。女子だけで来たのよ。四人くらいだったかなー、ここへ来たあと近くのカフェでお昼食べて……楽しかったな～……って、ん？　もしや誉士、それはヤキモチ」

誉士の顔を覗《のぞ》き込むと、バツが悪そうに目を逸《そ》らされた。

「……悪いかよ。動物園デートなんて、学生カップルの定番みたいなもんだろうが」

頬を赤らめ口をムッと引き結んだ誉士は、なんだかとても幼く見えた。というか、ムッとした顔が可愛かった。

「定番……まあ、そうかもね。友達でも動物園でデートしてた子いたし。でも、本当に違うから。彼氏と来たんだったら、ちゃんとそう言うわよ。誉士には嘘つきたくないし」

「え？」

「あ、向こうの温室行こうよ。時間は……よし。ぴったり。素晴らしいイベントやってるのよ」

誉士の手に自分の手を絡め、やや強引に引っ張る。

「ちょっ、捺生」

戸惑う誉士を連れて入った温室のような建物は、爬虫類《はちゅうるい》ゾーンだ。

「……………捺生……マジかよ」

こう呟き、スマホを持ったまま途方に暮れる誉士。

対する私はというと、動物園に来て一番と言っていいほどテンションが上がっている真っ最中だ。

「写真撮れた⁉　これこれ、これが目当てだったの！」

誉士のスマホで撮ってもらったのは、首に大蛇を巻いている今の私である。

今現在、私の首から肩にかけてだらりとぶら下がっているのは、なんとビルマニシキヘビ。特定動物に指定されており、毒は持たないが蛇の中で最大級の大きさを持つ個体。大きなものだと四メートル以上にもなるという、いわゆる大蛇だ。

この園にいるビルマニシキヘビはアルビノで、色は鮮やかなレモンイエロー。もちろん危険を伴うので、係の人も蛇を持ち、口を押さえてくれている。

「すごーい、つるつるだー」

顔のすぐ横にある蛇の体に触れると、気持ちいいくらい冷たくてつるっとしている。

見て見て、すごいよ‼　と感激しながら誉士に視線を送ったら、生温かい目で見られた。

完全に引いている顔だこれは。

実は誉士とのデートでどこに行くか考えていたときに、たまたま見つけたここのホームページで大蛇を首に巻いて写真が撮れる、というイベントを発見した。それを見た瞬間、これだ！　とひらめいたのだ。

せっかくなら滅多にできないことをやってみたい！　と何気に今日一番楽しみにしていたイベントだった。しかし、やりたいと言ったら誉士はとても驚いていたというか、嘘だろ、という冷めた顔で私を見つめていた。

「まさかこれがやりたくてこの動物園に来たとは……いやいや、恐れ入った。捺生の考えは読めん」

写真を撮ったスマホをボトムスのポケットに入れ、誉士が苦笑する。

「恐れ入る、ってほどのことじゃないと思うけど。あ、ありがとうございました」

係の人にお礼を言ってこの場から離れる。誉士は未だに呆気《あっけ》にとられているようだけど、こんなことなかなか経験できないので、今日はいい記念になった。

「首に蛇巻いてる捺生、滅茶苦茶いい顔してたぞ。捺生のあんな笑顔を見たのは子供の頃以来だよ」

　誉士が自分のスマホで撮影した私の写真をSNSで共有してくれた。確かに、自分で見てもすごく嬉しそうだ。こんなに嬉しそうな自分の写真を見るのは随分久しぶりのような気がする。

「楽しかったー。誉士も写真撮ればよかったのに。蛇、嫌いなの？」

「嫌いというわけじゃないけど、なんかもう……楽しそうな捺生を見ただけでお腹いっぱいです」

「見るのとやるのじゃ全然違うと思うけど……」

　水のある場所から体を出しているワニを眺めつつ、肌にねっとり絡みつくような暑さの温室を出た。メインのイベントは終わったけれど、次のゾーンでライオンやトラ、ゾウなどをのんびり見て、園内を堪能した。

　久しぶりの動物園を超満喫したら、今度はお腹が空いてきた。

「んで、次はどうする？　そろそろ食事でもする？」

「そうだな、どこで食べるか……」

　園の中にある屋外の休憩所で軽く水分補給をしながら、誉士がスマホをチェックしている。忙しなく指を動かしているところを見ると、食事処を探しているのだろうか。

「なに食べようか。誉士はなにか食べたいものある？」

「食べたいもの、そうだな……」

誉士がチラッとこっちを見た。

「この前捺生が持ってきてくれた料理が美味しかったから、捺生の勤務先に行ってみたい。……ってのは駄目か？」

「……え？　私の勤務先？」

思わぬ提案に、つい身を乗り出した。

別に来てほしくないわけじゃないけど、一応どうしようか考える。

──うち、かあ……休日に顔を出したことはあまりないけれど、来たことないみたいだし、一度見てもらうのはいいかもしれない。今日の早番は誰だったっけな……

少し考えてから、小さく頷く。

「いいよ。でも、混み合ってたら私が気になっちゃって食事どころじゃないから、別の店にするよ？　それでもいい？」

「もちろん。じゃ、移動するか」

すんなり誉士が承諾してくれたので、私達はすぐさま飲んでいたものを片付け、動物園を出ることにした。

動物園から職場までは、有料道路を使用しても一時間以上かかる。すでにランチタイムに入っているので、どんなに急いでも職場のダイニングカフェに到着するのは午後一時半くらいになりそうだ。でも、そのくらいの時間ならきっと混雑のピークを越えているので、私としてはありがたい。

「そういえば、捺生はなんで今の職場に就職したんだ?」

有料道路を走っている最中、ハンドルを握る誉士が何気なく尋ねてきた。

「昔から食べることは好きだったみたいだけど、小学生の頃はそんなに料理が好きってわけでもなかったよな?」

「あー……うん。そうだね。私も飲食にこだわってたわけじゃないんだけど、なんだろう。本当にたまたまなんだよね」

当時から今勤めている店のことは知っていて、何回か食事をしたこともあった。美味しい料理を出す店、という認識はしていたけど、就職したいとまでは考えていなかった。

それが、ちょうど勤務先でアルバイトをしていた大学の先輩がいい会社だよ、と教えてくれたこともあり、何気なく本社の新卒採用に応募することになった。

運良くトントン拍子に書類選考を通過し、面接に合格し本社に採用されることになり、今に至る、というわけだ。

この流れを誉士に説明すると、そうだったのか。と静かに納得していた。

「合格したのもそこで長く続いているということも、きっと縁があったということなんだろうな」

誉士の言葉に、私も自然と首を縦に振っていた。

確かにあのとき受けようと思わなければ、今こういうことになっていない。

それって本当に、縁があったとしか思えない。

「そうなんだよねえ……入ってみたら社風も自分に合ってたし、仕事も楽しいの。シフト勤務も大変なときはあるけれど、今のところ他の職業に就くことは考えられないかな。あ、でも接客業だからたまに困ることはあるけどね」

遅番のときにお酒を飲んでいるお客様に絡まれたり、大きな声を出されたことはある。だから最近では、トラブル回避の為《ため》に遅番は女性ではなく男性社員がフロアに入るなど対策もしているのだが。

でも、今この場で誉士にそれを話したらきっと心配しそうなので、敢えて言わないでおいた。

「そういう感じに思えるような職業に就けていることは、幸せだと思う。俺は、どっちかというと職業を選択する自由というものが端《はな》っからなかったから、特に」

真っ直ぐ前を見つめている誉士の言葉に、あ。と思った。そうか、親の経営する会社を継ぐ立場にある誉士からすれば、他にやりたいことがあっても、それを選ぶことはできなかったのかもしれない。

「そっか、誉士はもう就職先とか全部決められてたんだ、よね……？」

遠慮がちに聞いてみたら、私が気遣っていることを気付かれたのだろうか。誉士が「あ」と声を上げた。

「気を遣ってもらってるところ申し訳ない。確かに俺は就職先は決まってたけど、部署は希望を聞いてもらえたから、そこまでガチガチに全てが決められていたわけじゃないんだ」

「あ、そうなの？」

「まあ、いきなり大学出たての若造がいくら創業一族の出でも役員に就くとか、周囲が納得しないだろ。うちの親もそういう考えだから、若いうちはなるべく経験を積むためにここ三年間はいろんなところにいたんだ」

「へえ……でも、それ聞いて安心した。なんか、全部が全部決められてるって嫌じゃない？　食事だってたまには違う物食べたくなるしさ……」

「はは。捺生はすぐ浮かぶのが食べ物なんだな」

「ご、ごめんね……食い意地張ってて」

思考を笑われたけど、今は不思議となんとも思わない。というか、誉士が笑ってくれていることにすごく安心したからだ。

御曹司という立場上、大変なこともたくさんあったと思う。でも、それでヘイトを溜《た》めずにいられる誉士は、すごく心の広い人なのかもしれない。

こんなことを思うなんて、きっと誉士への思いを自覚したからかもしれないけど。

私が想定したとおり、職場のダイニングカフェに到着したのは午後一時半過ぎだった。やはりこの時間になるといくらか混雑も落ち着き、空いているテーブルの方が多いようにも見える。

これならフロアもあまり忙しくないので、私も気兼ねなく入れる。そう思いながら店のドアを開けた。

「いらっしゃいま……あ」

ドアを開けてすぐに目が合ったのは、アルバイトで入っていた細田さんだった。確か彼女は今日午後からシフトに入っていたはずだ。

「細田さんお疲れ様です。あの、ランチいいかな。二人なんだけど」

後ろにいる誉士に視線を送り、また細田さんを見ると、誉士をチラ見した彼女の口元が綺麗な弧を描いた。ついでに目がキラキラ輝いているようにも感じた。

「はい、どうぞ‼　後ろの方は角間さんのか……」

「ゆ、友人、です！」

今ここで説明をすると話が長くなりそうだったので、敢えて友人、と強調した。でも、細田さんは信じてなさそうだった。口角がまだ上がったままだ。

「そうなんですねー？　あ、どうぞ。席にご案内します」

窓際の二人掛け席まで案内してもらい、彼女が持っていたメニューをもらう。一旦彼女が水を取りに離れたタイミングで誉士に目を遣《や》ると、案の定、ちょっと複雑そうな顔をしていた。

――ゆ……友人って強調したの、マズかったかな……

「あの……ごめん、さっき……別に友人てことを強調したいわけじゃないのよ、今は彼女に色々話すタイミングじゃないかなと思っただけで……」

誉士にメニューを見せながら弁解する。誉士はそんな私を見て、はあー、と一度ため息をついた。

「心配しなくても捺生の意図はわかってるよ。でも、改めて紹介されるなら友人より恋人がいいと思った。ただ、それだけのこと」

表情が曇った誉士を前に、自分の気持ちを伝えるのなら今ではないか、と思った。

「あの、そのことなんだけど」

少し身を乗り出し、誉士と視線を合わせた。そのときだった。

「……あれ、捺生？」

私の右斜め後ろから声がして、そちらを振り返った。

斜め後ろの席を立った状態で私を見下ろしていたのは、なんと澤井君だった。スーツ姿ということは、仕事の合間にランチで立ち寄った、ということだろうか。

まさかこのタイミングで澤井君と鉢合わせするなんて。間が悪いとはまさにこのこと。

澤井君の顔を見た瞬間は、まるでお化けでも見たかのように跳び上がって叫びそうになってしまった。

「さっ、澤井君⁉　な、なんで……」

「なんでって。普通にランチ食べに来て帰るとこだよ。っても出先から戻るついでに寄ったからこんな時間になったんだけど」

「そ、そう……」

私に会いに来たわけじゃない。そう思って安心しかけたとき。澤井君がにやりと意味深に微笑んだ。

「……でも、却《かえ》ってよかったな。捺生の勤務中だとなかなか話できないけど、客同士なら話してても問題ないもんな？」

澤井君が私達の席に近づき、ようやく私の向かいに座る誉士の存在に気付く。

その目はどう見ても好意的ではない。

「えーと、捺生の友達……？」

口調は穏やかだけど、目が穏やかじゃない。そんな澤井君に誉士もなにかを感じ取ったのか、一瞬目を合わせすぐにその目を伏せてしまった。

「まあ、そんなところです」

いつになく素っ気ない誉士に、私は焦った。

――まずい。この空気はまずい。

せっかく誉士に自分の気持ちを伝えようと思っていたのに、それどころじゃなくなる。誉士と気まずくなるのだけは避けたい。今の私にはそれしかなかった。

「えーっと、澤井君。悪いけど、今日はこちらの方と込み入った話があるので、遠慮してくれると助かるんだけど」

これに澤井君があからさまにムッとする。

「今日は……ってお前、いつもだろ。メモを渡したのに全く連絡よこさないし。俺が直接会いに来てやってるんだから、せめて電話の一本くらいよこせよ。それが礼儀ってもんだろ?」

腰に手を当て、威圧的な眼差しを送ってくる澤井君に今度は私がイラッとした。

視線だけじゃない、会話の中にちょくちょく織り交ぜられた台詞《せりふ》にも不快になった。

しかも、誉士がいる前でこんなことを言うなんて、人としてどうなの。

「澤井君。さすがに今のはないんじゃない？　私、会いに来てほしいなんて一度も言ってないけど。それに、私は話すことなんかないって何度も言ったよね？」

この場でこんなことを言うつもりはなかった。でも、どうしても言わずにはいられなかった。

これに対しての澤井君は、案の定顔を赤らめて憤慨していた。

「なっ……おい、そんな言い方ないだろ⁉」

ぐっと握っていた手が、怒りで震えているようにも見える。

そんな澤井君と対峙《たいじ》するため、私がお腹の奥に力を入れたときだった。

「すみません、澤井さん……と仰《おっしゃ》いましたか」

私に食ってかかる澤井君に、いきなり誉士が話しかけた。

この状況で誉士が割って入るとは思っていなかったらしく、澤井君が目を見開きながら誉士に視線を移した。

「そうですけど、なんですか？　今はあなたと話をしている場合ではないんですけど」

澤井君の口調は丁寧だけど、怪訝そうな顔はそのままだ。

「状況、わかりません？　ここは楽しく食事をする場所なのに、あなたのその態度は全く場に見合っていない。それに、さっきの言い方は捺生じゃなくても癇《かん》にさわる言い方でしたよ。来てやってる、だなんてものすごく上から目線ですね」

誉士が腕を組みながら澤井君を睨《にら》み付《つ》ける。さすがに澤井君も、その視線と誉士の言葉に表情を強《こわ》ばらせた。

見たことのない誉士の強硬な態度に、私は呆気にとられてしまう。

そして澤井君は、頭から蒸気が噴き出しそうなくらい顔を赤くしていた。

「……っ、っだよ……捺生！　なんなんだよこいつは！　失礼にもほどがあるだろう‼」

いや、あなたも大概失礼だから……と言いたいのをぐっとこらえ、まあまあ、とこの場を窘めようとしたときだった。

「あ、失礼致します。お客様、お水をお持ちいたしました」

澤井君が私に文句を言うのとほぼ同じくして、細田さんがコップに入った水を持ってきてくれた。

この場に細田さんが来たことで、澤井君が言いたいことをグッと呑み込んだ。

そしてコップを私達のテーブルに置いた細田さんが、すぐに澤井君に向かい合う。

「お客様、お会計でよろしいでしょうか？」

すごくいいタイミングで、細田さんが澤井君の手にある伝票に気がついたらしい。有無を言わせぬ営業スマイルが炸裂《さくれつ》し、彼をレジに誘導する。

「あ、ああ……はい……」

不本意そうだが、澤井君が一応それに頷き体の向きを変えた。

「あの、澤井君。そういうことなんで、本当にもう来なくっていいです。ごめんなさい」

私がペコッと一礼すると、澤井君の表情が険しくなった。

「捺生……俺は諦めてないからな。また来る」

不満げな顔のまま、澤井君がレジに向かって歩いて行く。それを見送ってから、体勢を元に戻した私は、誉士と顔を見合わせ大きく安堵《あんど》のため息をついた。

せっかく楽しかった雰囲気が、澤井君の登場で台無しになってしまった。

「……ごめん。なんか、変な空気になっちゃって……でも、ありがとう。誉士のお陰で助かった」

申し訳なさすぎて目を伏せる。

でも、誉士は「そんなことない」と笑ってくれた。

「あの様子だとあの人、この店に何度か来てるな。しかも捺生が断っているにもかかわらず、自分に連絡をよこすよう強要してる。……違う？」

誉士の鋭い視線と指摘に、誤魔化しは利かないと悟った。

「はい……その通りです……」

「この前チラッと言ってた男ってあいつのことか。捺生、なかなか見る目あるな」

これは完全に嫌味《いやみ》だとすぐにわかった。

「……すみませんね、見る目なくって……でも、もう五年前のことだし、本当にすぐ別れたのよ。そのときだっていきなり向こうの都合で振られて、わけがわからなくて。だから端っから復縁するつもりなんかないのに、なんでかいきなり連絡きて復縁迫られて、しかも断ったのに諦めてくれなくて……あ、ごめん。なんか注文しようか」

愚痴を切り上げ、メニューを広げて誉士に見せる。彼が腕を組み直し、それに視線を落とした。

「捺生はなににする?」

「えーと……日替わりがまだあればそれにしようかな。今日は塩麴チキンとグリル野菜のプレートだったはず」

「じゃ俺もそれでいい」

誉士がパタンとメニューを閉じた。そのあとすぐに細田さんがやってきて、無事に注文を終えた。その際に細田さんが「すみませんでした‼」と謝ってきた。

「私、さっきフロアに出てきたばかりで澤井さんがいることに気づいていなかったんです。せめて奥のボックス席にご案内すればよかったですね、本当に申し訳なかったです……」

「ええ? そんな、細田さんが謝ることじゃないから!」

「そうそう。俺はむしろ遭遇できてラッキーだと思ったんで、全く問題ないです」

誉士が細田さんに微笑む。

彼女が気に病まないように明るく振る舞う誉士は、特別格好良く見えた。

「ありがとうございます……! じゃ、ランチ少々お待ちくださいね!」

ほっとしたような顔をした細田さんが去り、再び二人きりになる。

誉士が水を飲んでから椅子に深く座り、また私と視線を合わせてくる。

「あいつと俺なら迷うことないだろ。早く俺を選べばいいのに」

言われた瞬間、ぎゅっと心臓が摑まれたように苦しくなった。でもすぐに、胸にじわっと温かいものが広がり始める。

「た、誉士……」

動揺してうまく言葉が出てこない。

言いたいのに。私も、誉士のことが好きだって今伝えたいのに。

じっと私を見つめていた誉士だが、私がなにも言えないでいるのを別の意味で捉えたらしい。

「それともまだ俺のことを幼なじみ以上には見られない？」

少し悲しそうにふっ、と微笑みを漏らす。そんな彼を前にしたら、途端にこのままではいけないという気持ちが湧いてきた。

この状況で誉士に誤解されるのだけは嫌だ。だから、私は無意識のうちにそうじゃない、と身を乗り出していた。

「違う。そんなこと思ってないから。じゃなくて……」

「じゃなくて、なに？」

「ふ、普通に男性として見てるから！　とっくに幼なじみ以上の気持ちになってるから」

素直な気持ちを伝えたら、誉士の眉がピクッと動いた。

「それ、本気で言ってる？　幼なじみ以上の気持ちってことはそういう意味だって、都合良く解釈するけど」

「……その解釈で合ってます」

なんか告白らしくないように思えて、これでいいのかな？　と不安になる。

ちゃんと誉士に気持ちは伝わったのか。疑問に思いつつ彼の反応を待つ。

じーっと私を見つめていた誉士が、急に「あー……」と呟きテーブルに突っ伏した。

「え、あの……誉士？　どうしたの……」

「やばい……恋が成就する瞬間って、こういう感じなんだ……」

誉士から目が離せなくて、そのまま彼を無言で見守った。

そのうち突っ伏していた誉士が、ゆっくりと顔を上げた。そして、上目遣いで私と視線を合わせてくる。

その頬は、ほんのりと桜色に色づいていた。

「捺生、俺の彼女になってくれるの？」

「うん」

「本当に？」

「うん」

「嘘じゃないよな？」

しつこいな。

「そうだって言ってるでしょうが」

あまりにも信じてくれないから、ついイラッとしてしまった。いけない。と思ったが、誉士が堪えきれず噴き出してくれたので場が和んだ。

「ははっ。いつもの捺生だ」

そうやって笑う誉士は、幼なじみで二つ年下の男性で……たった今から私の恋人になった。

――……恋人、かあ……

改めてそのことを自覚したら、恥ずかしくて誉士を直視できない。

私が急に目を逸らしたので、上体を起こした誉士が不審そうに見つめてくる。

「なんで目逸らすんだ？　しかも、なんか耳赤いけど……」

「う、うるさい。いちいち言わなくていいから」

照れる私を見て、誉士が椅子の背に体を預けニヤニヤする。

「今更照れちゃって。可愛いな、捺生」

「うるさいな。もう……黙ってて！」

「なんでデートなのに黙ってなきゃいけないんだ……」

誉士が不服そうに呟く。そうこうしているうちに、細田さんが料理を運んできてくれた。

二人分のランチプレートの皿とドリンクが乗ると、二人掛け用のさほどスペースのないテーブルの上はいっぱいになった。

ソテーしたばかりのチキンから、ほわほわと湯気が上がる。焼き加減もほどよく、ビジュアルだけで食欲をそそった。

「それにしてもさっきの人、すごかったですねえ。あんな人久しぶりに見ました。たまたまお客さん少なくてよかったです」

料理を運び終えたあと、細田さんはまだ戻ることなく、私達の横でしみじみしている。

「細田さんごめんね、それとありがとう。細田さんが来てくれたお陰で本当に助かったよ」

「いえ……でも、あの人ほんと勿体ないですよねえ。顔は結構いいのに、性格が最悪だなんて」

細田さんの話を聞いて、目の前の誉士の口元が弧を描く。彼女の話が楽しいらしい。

「細田さん、本当に澤井君の顔好きなのね……」

「好きですねえ。でも、あの性格はいただけない。なんなら私、ああいう人を調教とかしてみたいです」

とんでもないことをサラリと言ってのける細田さんに、つい噴き出しそうになる。同時に誉士もまた、食事の手を止め肩を震わせていた。

「ちょちょ、細田さん。調教ってなに」

「やりがいありそうじゃないですか？　いかに自分の性格が悪いのかを自覚させたり、それを矯正したりするのって！　私、そういうの一回やってみたいんですよねえ……」

　これにはたまらず、誉士が「はっは‼」と声を出して笑い始めた。

「えーと、細田さん？　面白いねー。でもほんと、ああいうヤツがまともになる為には、あなたのような人が必要なのかもしれないな」

「お褒めいただき光栄です。では、戻りまーす。ごゆっくりどうぞ」

　私達に笑顔を振りまき、細田さんがキッチンに戻っていった。

「いやあ……捺生の同僚、面白いね」

　誉士はまだ笑顔のままで、目尻にたまった涙を拭っていた。どうやら細田さんのお陰で、澤井君とのことなどすっかりどこかにいってしまったらしい。これも彼女に感謝しなければいけない。

「細田さんね、なかなかでしょう？　最初に澤井君のメモを受け取ったの彼女だったから、それ以来彼のことが気になっているみたいで」

「捺生、彼女にあの人紹介してやれよ。彼女だったらあの人と上手くいくんじゃないか」

「そうかもしれないけど、紹介するとなったら澤井君にコンタクトとらないといけないじゃない。それがいやだ」

「まあ、それもそうだな」

すっかり澤井君と細田さんの話になってしまった。会話が弾んでいると食事の手も進み、あっという間に全ての料理を食べ終えた。

塩麹をつけて長時間寝かせておいたチキンは柔らかくて、ほどよく塩分が染みていて美味しかった。誉士も美味しい、と言ってあっという間に食べ終えてくれた。よかった、喜んでもらえて。

誉士がドリンクを飲んでいる間にキッチンに行き、スタッフに挨拶をして、それからフロアに戻り会計して店を出た。

私の職場だから私が支払おうと思ったのに、誉士はそれを断固として拒否し、全額支払ってしまった。

「美味《うま》かったし、楽しかった。来てよかったよ」

誉士が笑顔で財布をボトムスのポケットにしまう。澤井君とのこともあったし、一時はどうなることかとヒヤヒヤしたけど、結果的には喜んでもらえたのでホッとした。

近くの契約駐車場に停めてあった車に戻り、まだ時間もあるので適当にショッピングモールなどをぶらぶらしてから帰路に就いた。

「捺生はなにも欲しい物がないのか？」

「いやー……なにもないわけじゃないんだけど、今日はなんかもうお腹いっぱいというか……物欲があんまり湧かなくて」

帰りの車の中。私がショッピングモールで食料品しか買わなかったのが、誉士にとっては気になることだったようだ。

決して普段から物欲が全然ないわけじゃない。ミニマリストのブログに刺激され、極端に買い控えしているわけでもない。ただ、今日は誉士と晴れて恋人になれたことだけでもう、気持ちがいっぱいなのだ。

——だって、なんか……付き合うことが決まったら、誉士、雰囲気がガラッと変わったんだもの……

助手席で太股の上に載せた手を握りしめながら、モール内での件を思い出す。もちろんこれまでのような軽口は叩《たた》く。けれど、そんな軽口が薄れてしまうほどの優しい笑顔や、さりげない優しさに思わずキュンとしてしまうことが多かった。

昔、澤井君と付き合ったときは、どんどん前を行く彼の後を必死でついていくことが多かった。でも、誉士は私ときちんと歩幅を合わせて歩いてくれる。それがとても自然で、まるでずっと前から恋人同士だったかのような錯覚まで覚えた。

誉士のことが好きになったから、彼からの提案を受け入れてお付き合いをすることになった。流れに任せて自然とこうなったわけなのだが、今私は、改めて大人の男としての誉士を意識してしまい、少々言動がぎこちないような気がする。

――だめだ……あんまり態度が変だと誉士が不審がりそうだし。いつもどおりの自分でいないと……

「そ、それより誉士も食料品しか買わなかったじゃない。普段買い物ってどうしてるの？」

今度は私から誉士に質問を投げかける。彼も私と同じように、服や雑貨などは買わず、ランニングの後に飲むというスポーツドリンクを買っただけだった。

「服は昔から世話になってるところがあるから、スーツやシャツはそこでオーダーしてる。それ以外の物はその辺の量販店で買うこともあるけど、数枚あればそれ以上は必要ないし」

「そういや、家の中の事ってどうしてるの？　古寺のおば様がいらしてやってくれてる、とか……？」

この質問には、即座に「いや」と否定された。

「母も仕事で忙しいから、たまに来ることはあっても、そこまではしないかな」

「そうなんだ。じゃあ……私、週に一回くらい掃除しに行こうか？」

「気持ちはありがたいけど、捺生だって仕事があるだろ？　大丈夫だよ、掃除は休みの日に自分でやるから。それにそこまで世話になったら、俺本当になんにもできない男になりそうだしな。だから最近、少しずつ料理はするようにしてるんだ、これでも」

「えっ！　そうなの⁉　誉士が料理してるところ見てみたい」

全然そういうイメージがなかったので意外だった。

これに対し誉士は、少し嫌そうに目を細めた。

「まだダメ。ある程度できるようになったらお披露目《ひろめ》するから、それまで待って」

「別に料理が下手でも全然構わないのに……むしろ教えるからいつでも言ってくれていいよ？」

「そのうちな」

どうやらこのことに関しては、頑として折れる気はないらしい。

──ふむ。まあ、いいか……そのときのお楽しみにしよう。

和やかなムードで会話は続き、気がつけばもう誉士の家の前に来ていた。慣れた手つきで車を車庫に入れ、エンジンを切ると楽しかったデートもこれで終わり。

静まりかえった車内にいると、なんだか一気に寂しさが押し寄せてくる気がした。

「あの、今日は私の行きたいところに付き合ってくれてありがとう。楽しかった」

運転席にいる誉士と視線を合わせてお礼を言った。

「どういたしまして」

誉士が微笑む。

「楽しかったし、いい返事ももらえたんで、今日はいい日だった」

そんなことを言われたらこっちまで嬉しくなる。

「そっか……よかった。初デートがつまらなかったらどうしようかと思った」

「んなことありえないから。じゃあ、降りるか」

誉士がドアを開けたのに反応して、私も車から降りる。

外はもう真っ暗だが、時間的には夜の七時くらい。まだ早いといえば早いが、誉士にはずっと運転をしてもらっていたし、休ませてあげないと可哀想だと思った。

古寺家のガレージ前で誉士と向かい合った私は、勤務先で食事をした後からずっとバッグに入れていた小さな保冷バッグを彼に差し出した。

「はい、これ」

「ん？　なに」

「実はキッチンに挨拶に行ったときに、お土産でキッシュをもらったの。よかったら夕飯にして？」

そうくると思わなかったらしく、誉士が目を丸くする。

「いつそんなのもらってきたんだ。全然気がつかなかった」

「バッグに入れて隠してたの。帰りに渡そうかなって思って」

はい、と誉士に保冷バッグを押しつける。それを受け取ろうと手を伸ばした誉士……だったのだが、いきなり保冷バッグではなく私の腕を掴み、そのまま自分の方へ引き寄せた。

その結果、私は誉士の胸に顔を埋めることになった。

頬に触れるのは誉士のシャツ。その向こうにある心臓は、誉士のものとは思えないくらい、ドキドキと大きく脈打っていた。

「た、誉士……」

驚いていたら誉士の手が背中に触れ、強く抱きしめてくる。

「付き合っていきなりだと、引かれるかもしれないから我慢してたのに。だめだな」

耳の横で誉士の声が聞こえる。だめだな、と言いつつその声は笑いを含んでいたので、自分に呆れている……といったところだろうか。

誉士の腕の中は心地いい。まるで普段使用している布団の中にいるみたいな感覚に、このままうっとりと目を閉じそうになってしまう。

でも、すんでのところで理性がそれを阻止した。

「……あの、待って……ここ外だから、誰か来るかも」

平日の夕方で、人通りは少ない。けれど、誰一人通りかからないという保証はない。

人の目が気になって誉士から離れた。でも、すぐに誉士の手が私の手首を掴んだ。

「人目につかないところならいいんだろ」

「あっ……」

有無を言わさぬ力強さで、誉士が私の手を掴んだまま家に向かって進んでいく。

玄関の引き戸を開け、誉士は私を家の中に引き込んだ。

慣れ親しんだ古寺家の香りがフワッと鼻を掠めたのと同時に、頬に手が触れた。手の感触のあとすぐ、私の唇に勢いよく柔らかいものが触れた。それが唇だとわかった途端、心臓が大きく音を立てた。

――……っ、き、キス……

強めに押しつけられた唇は、数秒後一旦離れまた角度を変えて押しつけられた。離れた隙に少しだけ酸素を取り込んだ私は、ドキドキしながらまたキスを受け入れた。

誉士の唇の感触を味わっていると、私の唇の隙間から舌が押し入ってきた。それに少し驚いて、ビクっと体が震えてしまう。

「……っ、ん……っ」

差し込まれた舌が、奥に引っ込んでいた私の舌を誘い出す。

こういった行為がご無沙汰過ぎて、やり方などまったく覚えていない。そのため、私はおずおずと彼に従うように自分の舌を彼のそれに絡めた。

これでいいのか、やり方は合っているのか。そのことばかり考えていた。しかし、誉士はそんな私の思考ごと吹き飛ばすかのような激しいキスをしてくる。

口腔《こうこう》の中を蠢《うごめ》く舌が私の歯列をなぞり、舌ごと口に含む。なんだかこのまま全て誉士に食べられてしまうのではないか。そう思えるほどのキスに、だんだん腰が退ける。

すごい。なんなのこのキス。こんなの、初めて……

勢い余って私に体重を預けてくる誉士の胸を、無意識のうちに両手で押さえていた。そのままキスに応じていたら、ふと誉士が唇を離した。

そしてすぐ支えるように私の腰に腕を回した。

「……ごめん。大丈夫か」

気がつかないうちにかなり背中が反り返っていたようだった。多分さっきのままなら、後ろに倒れていたかもしれない。

「だ、大丈夫……」

体勢を元に戻し、気を取り直すように大きく呼吸をした。誉士の方は、乱れてしまった前髪を手ぐしで直していた。

さっきまであんなに情熱的なキスをしていたなんて、まだ信じられない。しかも相手はあの誉士なのだ。

――う……嘘みたい。誉士と、キス……してしまった……

誉士のことを好きだと自覚するまでは、幼なじみだということを気にしすぎていた。でも、いざキスをしてみたら私が気にしていたようなことは、なんの関係もないことだったと思い知った。

幼なじみとかそういうのは関係ない。今、目の前にいる誉士が好きだ。

「……私、誉士が好き」

溢《あふ》れ出る気持ちを抑えることができなくて、つい口に出してしまった。

すると、誉士が大きく目を見開き、私の手をぎゅっと握ってきた。

「やっと好きだって言った」

玄関の照明が点いているだけの空間なので、周囲は薄暗い。でも、今の誉士の表情ははっきりとわかる。どこからどう見ても嬉しそうだ。

「そんなに嬉しいの？」

「ずっと好きだったんだ。当たり前だろ」

誉士は握っている私の手を口元に持って行くと、そこにチュッとキスをした。

「……はあ……言葉にできない気持ちって、こういうのを言うんだろうな」

握っていた私の手に力を籠《こ》めながら、誉士がしみじみと言う。

心底嬉しい、という誉士の気持ちがよくわかる。

でも、このタイミングでここが玄関だということを、ふと思い出してしまった。

「あの……私達はいつまでこうしてるのかな……？」

ずっと玄関でくっついている訳にもいかないのでは。そう思って私の方から切り出すと、誉士が「はっ」と声を出して笑った。

「確かに。なんで照明も点けずこんな場所にいるんだか」

笑顔の誉士にこっちも頬が緩む。それに、ずっと私の手首には誉士にあげるはずの保冷バッグが引っかかっている。そのことを思い出した私は、急いで保冷バッグを誉士に差し出した。

「ごめん、もしかしたら潰れちゃったかも」

さっきのキスの時、私と誉士に袋ごと挟まれていた気もする。

せっかくのキッシュ……！　と申し訳ない気持ちになりかけたが、誉士はそれを笑顔で受け取ってくれた。

「捺生が謝ることないだろ。俺がいけないんだから。それに、たとえ潰れてようがなんだろうが全部残さず食べるよ」

ありがとう。と誉士が目線の高さに保冷バッグを掲げた。

「で、捺生。どうする、上がってく？」

「え」

何気なく尋ねられて、私は誉士と視線を合わせる。

ここでこのまま上がっていったら、きっとそういうことになる流れだ。

私としては全く問題はない。ない、けれど……

「ちょ……ちょっと、今日は止めておこうかな……」

だめかな、と誉士をうかがう。がっかりされるかなと思っていたのだが、意外にも誉士はすんなりと「そうだな」と同意してくれた。

「もちろんまだ一緒にいたい気もするけど、俺も……あんまりがっついて捺生に愛想を尽かされるのだけは御免被りたい」

「そんなに簡単に愛想尽かしたりなんかしないよ？」

「そうかもしれないけど、いいんだ。長い間待った身としては、ここへ来て体の関係になるのに数日かかるくらい、なんてことない」

――長い間待った……

誉士の言葉に、胸がキュンと疼く。

今日は止めよう、と申し出たのは自分。なのに、今の言葉で誉士とまだ離れたくない、と気持ちが変化してきてしまう。

――どうしよう。やっぱり、誉士と一緒にいたい。ここにいたい……

だからだろうか。言葉で誉士に伝える前に、咄嗟に誉士の服を掴んでしまった。

「え？　どうした……」

「ごめん、やっぱさっきのナシ。あの……私……まだここにいてもいいかな……」

私がこんなことを言うとは思っていなかったのだろう。誉士が「え」と目を丸くした。

「それはいいけど……でも、一緒にいてなにもしないほど俺できた人間じゃないけど」

服の裾を掴んでいた私の手首を、誉士が掴む。

「……いいよ。あ、でも、お腹空いてたらいいよ、やっぱりまた今度で」

誉士の都合を全く考えていなかった。もしかしたら、運転で疲れて休みたいのかもしれないのに、と。でも、そんなのは杞憂《きゆう》だった。

「この期に及んで俺が性欲よりも食欲を取る男だと思うか？」

一瞬だけ目を合わせ誉士が言い放った。これに対する返事をする間もなく、私は家の中に上がることになる。

誉士は私が持っていた保冷バッグをキッチンの作業台に置くと、また私の手を引いて今度は二階に上がっていく。この前は一階にしか上がらなかったので、二階に行くのは子供の頃以来だ。

ところどころ見覚えのある階段を上がり、誉士が昔使っていた部屋にやってきた。どうやら今もこの部屋が誉士の部屋らしい。昔、部屋の端にあったベッドは、倍の大きさになって部屋の真ん中に置かれている。

「こ、ここ……誉士の部屋だったとこ、だよね……？　懐かしいね」

懐かしさのあまり尋ねたら、こちらを振り返った誉士が呆《あき》れ顔《がお》になる。

「この流れでそういう色気のないことを言うか」

「へ？　色気って……ただ、誉士の部屋昔のままだなって思って……」

「はい、もう黙る」

誉士の手が、がしっと私の肩を摑む。そのままトン、と後ろに押され、あわやひっくり返る……⁉　と叫びそうになるが、しっかり背後にベッドがあった。

スプリングの効いたベッドに背中からダイブ。すると、すぐに私の上に誉士が覆《おお》い被《かぶ》さってきた。

「捺生」

いつもより声が甘い。そのことに気がついたら、急に心臓がドキドキと音を立て始めた。名前を呼んですぐ、誉士は私の耳に唇を押しつけた。耳に触れる感触がくすぐったくて、小さく体を捩《よじ》り逃れようとした。

「ここ弱いのか」

「ひゃっ……！」

耳朶《じだ》を食《は》まれ、周囲を舌で愛撫《あいぶ》される。これじゃじっとしてなんかいられない。体を捩りながら顔を背けると、それを許さないとばかりに誉士の手が頬に添えられた。

「こっち」

声がした方を見ると、また誉士の顔が近づいてきて唇を塞がれた。でも、今度のキスはさっきのと違い、いきなり舌をねじ込まれた。ぬるっとした厚い舌に、自分のそれをそっと合わせて応えた。

舌と舌が絡まり合って、くちゅ、ぴちゃ、という水音が聞こえる。艶《なま》めかしく厭《いや》らしい音は、私達の情欲を少しずつ掻《か》き立てているような気がしてならない。

――すごく、いやらしい……私、誉士とこんなことしてる……

まるで俯瞰《ふかん》で自分達を見てるような、どこか他人事のような不思議な気持ちだった。でも、私にそんな余裕があったのはこの辺りまでだった。

キスをしながら、誉士の手がシャツの裾から腹部を経て胸の膨らみに到達した。そしてブラジャーごと乳房を包み、やわやわと揉《も》みしだく。

「ん……っ」

乳房だけならそこまで敏感に感じない。しかし、誉士の指はわざと狙っているかのように、ぷくりと自己主張し始めた胸の中心をなぞり始めた。

その甘い痺《しび》れが、私の理性を徐々に奪っていく。

「はっ……、あ……っ」

いつの間にかキスは終わっていて、誉士は私の首筋に顔を埋め、たまに強く吸い上げたり、チュッと音を立ててキスをしたりを繰り返している。しかしそれよりも、胸への愛撫が気になって思考が定まらない。

多分、乳首はもう硬く尖っている。誉士はそれをわかっているからこそ、そこばかりを攻めてくるのだ。

――……っ。気持ち、いい……っ、服の上からじゃなくて、直接触って欲しい……

快感に支配され始めている私の思考は、欲望まみれ。

こんなことを誉士に直接言ったら彼は驚くだろうか。こんなキャラだと思わなかったと驚かれるだろうか。

とは思うけれど、どうしたって今は彼に触ってほしいのだ。それ以外に望むことなどない。

でも、その辺りは誉士も察知していたらしい。

私が涙目になって彼を見ていたからかもしれないけれど。

「捺生……？　どうした？」

「たか、し……っ、も、いや……直に触って……」

「どこ？　ここのこと？」

シャツの中にある誉士の指が、ブラジャーの上からキュッと乳首を摘まんだ。その瞬間、わざとらしいくらい大きく腰が跳ねてしまう。

「あっ！」

強い快感に襲われ、胸の先がジンジンする。ハアハアと息を整えていると、ずっと私の様子を黙って眺めていた誉士が、静かに私のシャツのボタンを外しはじめた。

「いいんだよな？　脱がせて」

「……ん……」

ボタンを全て外し終えたシャツを左右に開き、キャミソールをブラジャーの上まで捲《まく》り上げた。乳房を隠すブラジャーも、背中に手を回されあっさりホックを外された。途端にフワッと胸元が浮く感じがして、乳房が曝《さら》け出された。

フルリと揺れる乳房は、大きすぎず小さすぎずな大きさ。それをじっと見つめていた誉士が、おもむろに乳首を指で転がし始める。

「あんッ……！」

転がされると、ピリッとした快感が胸の先から子宮へ直結する。気持ちいい、と感じる度に、体の奥から蜜が出て股間を潤《うるお》していくのがわかる。

「気持ちいい？　腰、動いてるけど」

なんだか嬉しそうにも聞こえる誉士の声に、カッと顔が熱くなった。

「い……いわない、で……」

顔に手の甲を当てて、誉士からの視線を遮る。でも、すぐにそれを阻止されてしまう。

「隠すなよ。見たいんだよ、捺生が感じてるところ」

「誉士、変態……？」

見たいなんて言われると、余計恥ずかしい。

「そう、俺変態なんだ。ごめんな。でも止めないけど」

誉士が顔を乳房に近づけ、舌を出した。そのまま乳首にツン、と触れてくる。

ハッと息を呑むくらい体が震えた。でも、このあともっと震えることになった。

彼は乳首を口に含むと、それを口の中で舐《な》め、軽く甘噛みした。痛みと快感の、ほぼ中間くらいの刺激がやってきて、「あっ‼」と声を上げたまましばらく言葉を発する事ができなかった。

「痛いか？」

反応をずっと見ていた誉士が私を気遣う。でも、乳首には未だに舌は添えられたままで、離れる気配はない。

うっすら目を開けて誉士を確認しながら、私は小さく首を横に振った。

「捺生、こっち……いい？」

誉士の手が、スカートの上から恥丘を撫でた。あまり人に触れられることがない場所は敏感で、ちょっと指が触れただけでピリッと甘い痺れが走った。

「……ん」

抗《あらが》う気など一切起きない。私が素直に頷くと、誉士がすぐに私の膝辺りでくしゃくしゃになっていたロングスカートの裾から手を入れてきた。

太股に触れる大きく、ゴツゴツとした男の手。それにドキドキしながら、身を固めて誉士の手に意識を集中させた。何度か太股を撫でつつ奥へ到達した手は、今度はクロッチ部分に触れてくる。

「んっ……」

指の腹を使い、丁寧にクロッチの中心を何度も上下に往復する。気持ちいいけれど、どこかもどかしい感覚に、私の口からは小さな吐息が漏れ始めた。

「……あ、はッ……」

甘い。甘くて、とてももどかしい。もっと奥に触れてもらいたい、いっそのこと今すぐショーツを剝《は》ぎ取《と》って直に触って欲しい——

胸の時と同じ、淫らな欲望が私を支配し始める。

普段絶対思わないようなことばかりが頭を掠め、私はどうしてしまったのかと自分でも疑問に思う。でも、誉士の愛撫を受けていると、こう思わずにはいられないのだ。

それは、数年前に澤井君と抱き合ったときとは全然違う。澤井君の愛撫からは、私への愛情はほとんど感じられなかった。言うなれば、澤井君が気持ちいいことばかりで、前戯などほんの少しだったような気がする。

それと誉士の愛撫は対照的だ。今の段階で、誉士は自分が気持ち良くなるようなことはほぼしていない。ずっと私の顔を窺いながら、常に私を気持ちよくさせようとしてくれている。

この愛撫には、はっきりと愛情が感じられる。

それを自覚したとき、私の股間から蜜が溢れ出るのをはっきりと感じた。

「……捺生、気持ちいい？　急にすごく濡《ぬ》れてきた」

自分でもわかるくらいなので、誉士が気付くのも無理はない。

「ん……気持ちいい……」

未だ胸元から私を見る誉士の視線が熱い。それが若干恥ずかしくて、つい目を横に逸らした。この間も誉士は、胸先をチロチロと舌で嬲《なぶ》りつつ、股間への愛撫も手を休めない。

多分、既にショーツの奥は大変なことになっているのではないだろうか。それは誉士も気付いていたようで、私のショーツの端を指で摑み、

「捺生……これもう脱がせていいか」

と聞いてきた。

「……うん」

返事をするやいなや、誉士が上体を起こした。スカートをお腹の辺りまで捲りあげ、ショーツの端を両手で摑むと、一気に膝の辺りまで下ろす。そこからは私も自分でショーツから足を抜いた。片足に引っかかっているだけの状態だったショーツを誉士が取り、ベッドの下に落とす。

下半身を覆っているものがない状態が死ぬほど恥ずかしい。なのに、誉士は私の脚を開き、そこに自分の体を割り込ませてくるから、恥ずかしさは頂点に達する。

「やだ、あんまり見ないで」

「だめ。見たい」

手で隠そうとしたけれど、あっさり払いのけられる。誉士は私の脚をがっちりと手で摑みながら、顔を股間に近づけていった。

「捺生のここ、綺麗だ」

誉士がため息交じりに発したその言葉に、カアッと顔が熱くなる。私のあそこを、今誉士が見ている。その事実だけでもう叫びたくなるほど恥ずかしい。

「い……いや……」

そんなにじっくり見ないで。と心の中で何度も叫んでいたとき、ふと誉士が顔を上げた。

「捺生、舐めていい？」

「えっ……やだ」

反射的に拒否したら、誉士がぶっ、と噴き出した。

「返事はやっ」

「だって恥ずかしい」

「恥ずかしいからイヤ、ってこと？」

「……うん」

素直に頷く。もしかしたらこれで諦めてくれるかなと思っていたのだが、誉士の反応は私の斜め上をいった。

「恥ずかしいからっていう理由なら却下だな」

「え、そんなあ……あぁっ‼」

まだ話している途中だというのに、早速股間に顔を埋めた誉士が蜜口の辺りをべろりと舐めた。そのざらついた舌の感触が余計に快感を煽《あお》り、ビリビリとした刺激に襲われた。

「……っ！　や、だあ……それ……っ」

「気持ちいい？　もっと？」

「そんなことひとっことも言ってな……きゃあっ！」

私の言葉など全然聞いてくれない。誉士は、味を占めたように何度も何度も蜜口の辺りを丁寧に舐めた。まるで、溢れ出る蜜を全て舐め取るほどの勢いで。

「んっ、あ、あ……‼　も、やああ……」

逃げたくても逃げられなくて、誉士からの愛撫に身を任せ続けた。気がつけば、誉士が舐めている場所が少しずつ変わってきて、今度は襞《ひだ》を捲られ、その奥の蕾《つぼみ》に集中して嬲られていた。

「……っ、ん、ああッ……！　そこ、だめえ……」

蕾の辺りを嬲られると、さっきとはまた違う快感がやってくる。それは下腹部に直結し、嬲られると蜜がとめどなく溢れてきた。

「捺生……すごい、溢れてきた」

誉士は蕾を舌で嬲りながら、蜜口から指を入れ浅い所を愛撫していた。時折蜜を潤滑油にしながら奥へ指を差し込み、膣壁を指の腹で優しく撫でてくる。

二箇所を攻められているうちに、気持ちよすぎて今自分はなにをしているのか、どういう状況なのかがよくわからなくなってきた。頭がぼんやりする。

「あッ……、あ、だめ、なんか……頭おかしくなってきた……」

この状況をうまく言葉で説明できない。私が息も絶え絶えに訴えると、彼が股間から視線を送ってくる。

「いいよ。おかしくなれよ。捺生が乱れるところ見てみたい」

「そんな……やだ……っ、あ、はあッ……！」

休む暇なく送られてくる快感に、本当にもうどうしたらいいのか。このままでは私、変な姿を誉士に晒してしまうのではないか。

そんな不安が生まれ始めたとき、誉士が蕾を一際強く吸い上げた。そのとき送られてきた大きな快感で、腰の辺りがきゅうっと締まるような不思議な感覚に襲われた。

「は、ああ、あっ――!!」

全身にその感覚が走ったあと、今度は一気に脱力した。体に力が入らないけれど、満たされたなんとも言えない感覚に、私はただ乱れた呼吸を整えることしかできなかった。

「イッたのか」

「え、あ……今のがそう……？」

セックスにおいてイクという感覚があるのは知っていたが、自分がそういうことを体験するのは初めてだった。

「もしかして初めて？」

「……ん」

「そうか。捺生の初イキ見られてラッキーだ」

誉士は私の中に入れていた指を抜くと、その指に纏わりついていた蜜を舐めた。

そのなんとも艶めかしい行動と彼の表情に、たった今イッたばかりだというのに、またドキドキしてきた。

「捺生」

「……ん？」

「そろそろ中に入りたいんだけど」

上体を起こし、ベッドに膝立ちになった誉士の股間に目を遣った。そこは、今にも服を破って顔を出しそうなくらい膨れ上がっている。

「うん……いいよ」

私が頷くと、誉士が勢いよくシャツを頭から引き抜き、ベッドの下に投げた。そしてボトムスのベルトとボタンを外すと、あっという間に下半身を覆っているものを全て脱ぎ捨てた。

——うわ……

目の前に現れた逞《たくま》しい男性の裸体に釘付けになる。適度に筋肉の付いた肩周りと腹部、そして猛々《たけだけ》しい男根。どれも私をドキドキさせるには充分だった。

「ちょっと待ってて」

一旦ベッドから離れた誉士がなにをするのか目で追った。寝室のクローゼットからなにかを取り出し戻ってきたのだが、手にあるのは避妊具だ。

それを慣れた手つきで屹立《きつりつ》に被《かぶ》せ戻ってきた誉士が、グッとそれを私の股間に押しつけてくる。

その固さと太さに少々おののく。ちゃんと入るのか、入っても最後までいくことができるのか。

一抹の不安がよぎり真顔になっていると、それを誉士は敏感に察知したらしい。

「捺生、もしかして不安？」

「……じ、実は……は、初めて、なの……」

「え」

誉士が目を丸くする。

「澤井と付き合ってたんじゃないのか」

「付き合ってたけど、してないの……」

誉士を見つめながら打ち明けたら、驚いていた誉士の顔が、笑顔になった。

「なんだ、そうか……やべ、俺が初めてってめちゃくちゃ嬉しいな」

口元に手を押し当てる誉士は、顔が緩むのを止められない、という顔をしている。そんなに嬉しいものなのだろうか。

「う……だからあの、うまくできなかったらごめん……」

ダメだった時の為に先に謝った。でも、なぜか誉士が苦笑する。

「いや、そんなの捺生が謝ることじゃないから。それより、痛かったらすぐ言って?」

話しながら、誉士がグッと屹立を強く押し当ててきた。来る、と思ったのと、彼がゆっくり私の中に入ってきたのはほぼ同時だった。

「あ、あ……っ」

固くて熱いものが、静かに私の中へ収められる。その感覚は言葉での表現が難しい。

——すごい、私の中に入って……

それに初めては痛いと聞いてたけれど、そこまで痛くない。これならすんなり奥まで行ってしまいそう……と思っていたのだが、それは途中まで。

「くっ、き、つ……」

誉士の表情にも苦しさが見られる。

「ん、あっ……‼」

誉士が少し奥に進むだけで、ものすごい痛みが生まれた。

——嘘……、痛い……‼

あまり顔に出したくないのに、どうしても隠し通せない。

「ごめん、痛いか」

気遣ってくれる誉士に、無言でふるふると首を振った。

誉士はちょっとだけ困ったような顔をしたけど、また腰を動かし私の中へ屹立を押し込んでいった。

「んっ……、は、あッ……」

「ごめん。あと少し。もうちょっと……」

誉士のその言葉だけが頼り。あと少しなんだ、と自分に言い聞かせながら、浅い呼吸を繰り返してどうにか痛みを逃がした。

やがて誉士がフー、と軽く息を吐き出し、上体を寝かせて私にキスをしてきた。

「入ったよ」

チュッとキスをしたあと、誉士が耳元で囁《ささや》いた。

「は、入った……？」

「ああ」

至近距離で微笑む彼の笑顔に、つい痛みを忘れかけた。

──よかった……入った……

ホッとしていると、誉士の手が私の頬に触れる。

「捺生、好きだ」

「た……」

「好きだ」

何度も何度も、愛を囁いてくれた。

誉士自身の気持ちの昂《たか》ぶりもあるだろうけれど、今はもしかしたら、痛みから気を逸らすために言ってくれたのかな。なんて思ってみたりした。

それから少しの間、誉士は挿入したまま動かなかった。代わりにキスをして、体中を愛撫してくれていた。

「……誉士……？　動いていいよ……？」

「んー？　でもまだ捺生が辛いだろ？」

首筋にキスをしていた誉士が顔を上げた。

「ううん、そろそろ大丈夫。たくさん気持ち良くしてもらったから、今度は誉士が気持ち良くなってよ」

数秒、誉士は悩んでいたように思えた。

「……捺生がそう言うのなら。でも、あまり時間はかけないようにするから」

それに頷くと、誉士が上体を起こした。ふーっと息を吐き出し、天井を見る。

「じゃあ」

腰を退いた誉士が、一度奥まで到達した屹立を浅い所まで戻した。そして数回前後に動かしたあと、ゆっくりまた奥へ突き上げてきた。

「あっ……」

再びの挿入と共に痛みも伴う。でも、不思議なことに痛いけど、嬉しかった。

この痛みは彼と一つになれたことの証。そう思えばこそ、耐えられた。

誉士が無言のまま、何度も突き上げてくる。それに身を任せていると、少しずつ抽送の速度が増して誉士の表情にも余裕がなくなってきた。

「は……っ、や、ば……っ」

彼の顔からは玉のような汗がポタポタと滴っている。それを下から眺め、なんて美しいんだろうと見とれた。

あの誉士が、私とのセックスでこんな表情をする。それが嬉しくて、たまらない。

見ているだけで胸がドキドキする。そのせいだろうか、私の中にいる彼をまた締め上げてしまった。

「う……捺生お前、今また締まッ……」

「え、あ、ごめ……」

反射的に謝ったら、違う、と即否定された。

「そうじゃなくて……今のでもう、イキそうだ……ごめん」

逆に謝られて、なんで？　と思う。しかしその理由はすぐわかった。誉士がまた息を吐き、腰の動きを思いっきり速めたからだ。

さっきまでと全然違う突き上げに、私は驚きつつ彼に身を任せた。

「あっ、あ、あああっ、や、やあっ……」

腰と腰がぶつかり合う間隔が狭まっていく。激しい突き上げに、呼吸すら追いつかなくなりそうで、目の前がクラクラしてくる。

このままだと自分はどうなってしまうのか。そんな不安が頭をよぎり始めたとき、誉士が私に倒れ込んできた。ぎゅっと私を抱きしめながら、彼はガクガクと体を震わせ短く呻《うめ》き、そのまま果てた。

「……っ、は、あっ……」

密着している汗ばんだ肌の感触にドキドキしながら、ぐったりと私にもたれかかる誉士の背中を自然と撫でていた。

「……誉士……？　大丈夫……？」

一応最後まで致したのが初めてなので、こういう状況に慣れていない。

これはもしや、すごく疲れている状態なのでは？　こういう場合、なにを言えばいいのだろう？

初めて尽くしでどうしたらいいかわからなくなっていると、今の今までぐったりしてた誉士が体を起こし、私から自身を引き抜いた。

そして素早く避妊具の処理を済ませ、私の元へ戻ってくる。

「捺生、大丈夫か。体きつくないか」

すぐ隣にきて、私の顔を窺う誉士に、私は小さく頷く。

「う……うん……まだちょっと痛いけど、大丈夫……」

「そうか……」

誉士がホッとしたように頬を緩ませる。さっきまであんなに雄っぽく私を攻め立てていたのに、今はまるで別人になったように不安げな顔をする。

そのギャップに胸がきゅんとなる。

そんな不安な顔をしないでと、今すぐ誉士を抱きしめてあげたい。

彼に対し、これまで私の中には存在しなかった感情が湧き上がってきた。これが本当に相手を愛しているということなのだろうか。それともギャップに萌《も》えているということなのだろうか。

でも、この状況ではその違いなどどうでもいい。要は、誉士を愛しく思っているということ。それに変わりはないのだから。

「なにか飲む?」

「あ、うん」

「ちょっと待ってて」

私が返事をしてすぐ布団から出た誉士が、ベッドに腰を下ろす。ショーツを身につけた彼が寝室から出て行く背中を眺めている私は、まだ夢の中にいるような感覚だった。

でも、下腹部の痛みが今のは夢ではない、と私に訴えている。

——私……本当に誉士と、したんだ……

二十七にしてついに処女を捨てたことも感慨深いが、その相手が誉士だということも、多分その気持ちに拍車をかけているような気がする。

このあと誉士が水を持ってきてくれ、それを飲んで落ち着いてから服を着た。

誉士はもっとゆっくりしろ、さもなきゃこのままここに泊まれ。とまで言ってくれたのだが、すぐ隣に家があるのならやっぱり自分のベッドがいい。その方がきっと落ち着く。

「さて……帰るか……」

なんだかんだで時計を確認したら、この家に来た辺りから二時間近くが経過していて、そのことに驚いた。

時間を忘れるくらい、誉士とのセックスに溺れていたということなのだろうか。

なんて考えたら余計恥ずかしくなってきて、誉士と目を合わせにくい。

「じゃあ……行くね？　今日はありがとう」

「ああ。俺が言うのもなんだけど、ゆっくり休んで」

その言葉に自然と頰が緩む。古寺家の玄関ドアに手をかけたとき、不意に誉士が背後から私を抱きしめた。

「おやすみ」

耳の近くで誉士の低音ボイスが響く。何度も聞いている声なのに、今夜はとくに甘い気がするのが不思議だった。

おやすみ、というただの挨拶にこれまでにないくらいドキドキしながら、私は首のあたりにある誉士の腕にそっと手を添えた。

「うん、おやすみ。誉士も早く休んでね」

「ははっ。そうだな。さっさとシャワー浴びて寝るよ」

誉士の腕が離れて行く。それを名残惜しく感じつつ、私は誉士に小さく手を振りながら古寺家を後にした。

誉士といるときは感情をあまり表に出さないようにしていた。でも、古寺家を出た瞬間に、抑えていた感情が爆発した。

――わーっ、わーっ……し、しちゃった、誉士と……し、してしまった……!!

まだ誉士の肌や手の感触がしっかり残っている。それを思い出すと、体が熱くなってどうにもならなくなる。

今なら余裕でフルマラソンを完走出来そうな気がする。それくらい、体の中に点《とも》った小さな熱が今やキャンプファイヤーのような感じで燃え上がっている。

「やばっ……」

本気で好きな人とするセックスって、やばい。

澤井君とそれっぽいことをしたのなんか、はっきりいって比べものにならない。したばかりだから言えるけれど、あんなのセックス（未遂だけど）じゃなかった。

本気で、熱が出そう。

私は火照る頬を手で押さえながら、ふらふらと蛇行しながら帰宅したのだった。

第四章　諦めの悪い澤井君と謎の男性現る

誉士と結ばれた翌日。

私が早番で出勤している時間にシフトに入った細田さんが、案の定誉士のことを尋ねてきた。

「それにしても角間さんの彼氏、すっごくイケメンでしたね。あんな人、どこで知り合うんです？」

昨日、彼女には誉士のことを友人と紹介したのに、なぜか彼氏になっている。

——多分、細田さんに誤魔化しは通用しなかった、てことだな……。

私なりにこう解釈したので、あえて『彼氏』と言われたことに触れなかった。

ランチが一段落した賄いタイム。今日は私も細田さんもナポリタンを選んだ。

二人で横並びに座り、フォークをくるくるしながら彼女の質問に答えた。

「どこでっていうか……幼なじみなの。実家が隣同士でね。でも、ずっと会ってなかったんだけどね」

「えっ。じゃあ、なんですか。最近再会して急速に距離を縮めて……ってことですか？」

細田さんが一旦フォークの動きを止めた。

「う、うん。私も最初は驚いたんだけど、あっという間にそういうことになって……」

しかも昨夜ああいうことになったので、考えていることが顔に出ないよう、必死でポーカーフェイスを保った。

「へえー、そっかー。いいですねえ……あんなイケメンに言い寄られるなんて最高じゃないですか。そりゃ、あの元彼さんには一ミリも靡《なび》かないはずです」

「え、あ。そういえばそうだった。すっかり忘れてた」

今の今まで完全に澤井君のことを忘れていた。これには細田さんも笑っていた。

「ふふっ。元彼さん可哀想に……この様子じゃ復縁の望みなんてまったくないのに。でも、あの様子だときっとまた来ますよね」

まるで先のことがわかっているかのような細田さんの口ぶりに、つい顔が歪む。

「ええ……あんなに断ってるのに……」

「自己中みたいだから、心の底から嫌われていること気付いていないんじゃないですかね？　もしかしたら角間さんは照れているのかも、なんて自分に都合良く解釈してたりして」

彼女の予想を聞き、思わずギョッとしてしまう。

「ええっ⁉　あんなに思いっきり否定してるし断ってるのに、そんな解釈ある？」

「いますよ〜、私の元彼にもいましたもん、そういう人。私が素っ気なくしているのも、自分の気を引くためだと思い込んでたりとか」

「うっそ」

細田さんが過去のことを思い出してか、苦笑する。

「夢中になってると気付かなくて、後になって気付くことってあるじゃないですか。それと同じだと思うんですけど……でも、角間さんの元彼さんの場合はそれなのか、本来の性格なのかよくわかんないところですが」

「う、うん……あの人の場合元々そういう性格かもしれない……」

はあーと重苦しい息を吐き出すと、細田さんが横で頷いている。

「そうなんですねえ……でも、そんな元彼さんを是非調教してみたい……ほんとに紹介して欲しいです。顔だけならドストライクなので」

ぐっ、と親指を突き出す細田さんに苦笑しつつ、面白い人だなあと思う。

「できることならしてあげたいわよ……でも、来るかな？　昨日あんな目にあったのに」

フォークにパスタをくるくる巻き付けながら、ため息交じりにぼやいた。

誉士に言いくるめられていたし、きっと澤井君のプライドが傷ついたはず。となると、しばらくは私の前に現れないのでは？

なんて考えていたのに、澤井君の行動は私の斜め上をいった。

「……うっそ」


当分の間来ないだろうと高をくくっていたら、とんでもなかった。私が休憩を終えてフロアに出ると、窓側の二人掛けの席でランチをしている澤井君の姿を見つけてしまった。

嘘でしょ……と膝から崩れ落ちそうな私。対する細田さんは「ありゃ。いますね」と笑いを堪えていた。

「すごいですねえ、あの方。よほど角間さんにご執心なんですねえ」

「やめて……全然嬉しくないから」

「で、どうするんですか？　あれはきっと角間さんのこと待ってますよ」

何気なく隣を見たら、細田さんがじっとこちらを見つめていた。まるで、行かないのか？　と言わんばかりに。

「……行きますよ……」

「あ、私も行きましょうか？　第三者がいたほうが……」

「ううん、大丈夫」

細田さんの気持ちは嬉しいけれど、できれば巻き込みたくない。私は一人で澤井君の元へ急いだ。運良く周囲に他のお客様はいない。

「澤井君」

食事をしている澤井君の背中側から声をかけたら、彼がピクッと体を震わせ、肩越しに私を見上げた。

「よう。なんだ、休憩だったのか？」

澤井君は口元に弧を描くと、手にしていたフォークを置いた。

「そうだけど……澤井君、昨日の今日でよく来たね」

「まあな。俺、諦めの悪さには定評あるんだ」

まったく羨ましくない定評だなあ。

私は座っている彼を見下ろしながら、眉根を寄せた。

「今は勤務中だから手短に話します。何度来てもらっても私の気持ちは変わらないから。それだけです。じゃあ、どうぞごゆっくり」

「待て待て」

一礼して去ろうとしたら、咄嗟に立ち上がった澤井君に腕を掴まれてしまった。

「せっかく会いに来たのに、それはいくらなんでも冷たすぎじゃないのか？　ここの社員はみんなそういう教育を受けてるのかよ」

私だけのことを言われるのならいくらでもスルーできる。しかし、勤め先のことを出されるとさすがに私も冷静でいられなかった。

「はあ⁉　そんなわけないでしょう？」

ムッとして言い返すと、私が食いついたことが嬉しいのか、澤井君が笑顔になった。

「じゃあそういうこと言うな。それに、こんな立ち話じゃなくてもう少しちゃんと話ができるよう時間とれよ。なんなら今日の夜にでも……」

「二人で会うことはできません。私、恋人がいるので」

先制パンチじゃないけど、先に言っておいた方がいいような気がして、自分から恋人の存在を打ち明けた。これは少なからず澤井君に意表を突かせることはできたらしい。

彼は今、口をポカンと開けたまま固まっているから。

「恋人……？　昨日一緒にいたやつか」

「そうです」

しっかり頷くと、澤井君が目を細める。

「へえ……アレか、顔で選んだのか？」

「いくらなんでも失礼でしょ」

あまりにも失礼な言動に、心からうんざりだった。

自分の元彼ではあるけれど、こんな人だったことが心底残念でならない。当時の私は、本当に見る目が無かったんだなと改めて反省した。

「あのさ……もう、本当にやめてくれない？　これ以上私につきまとうようなら、私も別の対処方法を考えないといけなくなるんだけど。それに、全然靡かない女に構うの、時間がもったいないとか思わないの？」

じっと澤井君の目を見て訴える。いいかげんわかって欲しい、という気持ちを込めたのだが無駄だったらしい。

澤井君の顔が徐々に険しくなっていくのを見て、ダメか……と肩を落とした。

「そんなの、お前が俺とちゃんと向き合わないのがいけないんだろう⁉　こっちは結婚してやってもいいって言ってるのに‼」

「だからそれが迷惑なんだって……」

私が話をしている途中なのに、澤井君がバッ、と私の手を強めに振りほどく。そして席に戻ると、残っていたランチのチキンを一気に口に運んだ。

どうやら私の話は彼の耳に届いていないらしい。

澤井君はチキンを咀嚼しつつ、途中で水を飲んで一気に流し込んだ模様。セットドリンクのアイスコーヒーも一気飲みし、スラックスのポケットからせわしなく財布を取り出した。

「はい、代金。つりはいらねえよ」

千円札を一枚抜き、それをバン、とテーブルに叩きつけた。本日のランチは税込み九百八十円。二十円のおつりが発生する。

「え、あ。そういうわけにいかないから。待ってて、今おつり持って……」

「いらねえっつってんだろ！　んだよ、せっかく俺が付き合ってやるって言ってんのにスルーとかマジ意味わかんねえし。あれか。たまたまお前に騙《だま》された今の恋人のせいでモテてるって勘違いしちゃったのか？　可哀想になあ」

立ち上がった澤井君が、私を上から下まで舐めるように視線を送ってくる。そして最後にひと睨《にら》みしてふん、と鼻息荒く歩いて行ってしまった。

急にガラが悪くなった澤井君にこっちはぽかんとしてしまう。……いや、もしかしたらこれが素だったりして。

「ありがとうございましたー……」

一応見送っていると、澤井君は店から出る際にもこちらを睨んでいた。私が微動だにしないでそれを見守っていると、彼はその勢いのまま店の前から去って行った。

澤井君がいなくなったことで、やっとしっかり呼吸ができるようになった気がする。

――疲れた……

彼が使っていた食器を片付けながら、心の中で大きくため息をつく。食器を持ってキッチンに戻ると、すぐに細田さんが近づいてきて、「お疲れ様でした」とねぎらってくれた。

「ちょっと不穏な空気になってましたけど、おとなしく帰ったということはとりあえず理解してくれたってことなんですかね？」

声を潜める細田さんへの返事は、どうすればいいのか少し悩んだ。

あの様子だと、澤井君は明らかに気分を害している。私のことを心底嫌いになって相手をするのがバカバカしいと思ってくれれば結構だけど、そううまくいくとは限らない。

「理解……してないかもしれないなあ、あれは……」

「え。そうなんですか？　もしかして怒っちゃった、とか？」

「多分ね。昔もそうだったけど、気に入らないことがあるとすぐ怒るんだよね、澤井君」

よくよく考えたら昔から自分勝手な人だった。そのことをさっき思い出し、私はまた大きなため息をついたのだった。


澤井君とのことは、誉士にも話しておくべきだ。

だから仕事を終え店を出てすぐ、昼間の出来事を簡単にまとめて誉士のSNSに送った。

仕事中の誉士を煩わせないよう配慮したつもりだったのに、すぐ電話がかかってきた。

「誉士？」

『なんだ、あいつまた来たのか？　マジで懲りないな』

第一声がそれだった。駅に向かう道を歩いていた私は、周囲の目があるにもかかわらず「あはっ」と笑い声を上げてしまった。

今は仕事中なのでは？　と尋ねたら、外だから大丈夫だと言われた。

『本当に大丈夫なのか？　絡まれたりしなかったか』

「う、うん……まあ、なんとか。一応私もいろいろ言ったけど、なんか……これで終わりっていう気がしないいんだよね」

『なにかトラブったのか』

誉士がすぐ聞き返してくる。それに反応してさっきのことを話そうと口を開いたとき、予想できる誉士の行動が頭をよぎった。

——そうだった。遅番の時は連絡しろって言われてるくらい心配してくれているのに、これ以上余計な心配をかけるのは……ちょっと、悪いな……

咄嗟にそう思ってしまった結果、起きたことの全ては話せなかった。

「……ううん、トラブルっていうほどのことじゃないの。ただ、むこうは帰り際かなりイラついてたかなあ……」

『捺生、大丈夫か？』

耳に当てたスマホの向こうから、予想外に優しい声が聞こえてきた。

「なに。急に優しいとびっくりするじゃない」

本気で驚いたのに、聞こえてくる誉士の声にはなぜか笑いが含まれている。

『なに言ってんだ。いつもこんな感じだろ』

「そ、そうだっけ？」

『とにかくゆっくり話を聞くから。今夜うちに来なよ。今日は早番なんだろう？』

この前会ったときに今週のシフトを伝えたのだが、それをしっかり覚えているらしい。

「うん、今帰り」

『俺もあと三十分ほどで帰れるから、あとで話そう。家に着いたら連絡する』

「わかった。じゃあ、あとでね」

通話を終えて、スマホをバッグに入れた。

さっきまで澤井君の件でモヤモヤしていたけれど、なぜだろう。今はそれがあまりない。誉士に話しただけでだいぶ気持ちが落ち着いたようだった。

――親身になって聞いてくれる人がいるだけで、こんなに違うものなんだな。

事態がまるっきり解決したわけじゃない。それはわかっているけれど、今だけは澤井君のことをどうでもいいことのように思えるのが不思議だ。

加えてこの後誉士に会える。という事実も、足取りが軽くなっている理由の一つなのだった。

自宅に戻って誉士からの連絡を待っていると、夜の八時前くらいに帰宅したとメッセージが送られてきた。

それを受け、すぐに古寺家に向かう。私が帰宅したときは玄関の照明くらいしか点っていなかった邸宅に、さっきより多い明かりが点っている。

――つくづく立派な家だよね……

門扉を開け、家の玄関までの道を行く。

定期的に管理はしていたというものの、長年人が住んでいなかったとは思えないほど、庭に植えてある植栽や玄関までのアプローチは綺麗に整備されている。

――ほぼ住んでいなかった別宅でこれだもの。今、おば様達が住んでいる本宅というのはどれほどのものなのだろう。

きっともっとすごい庭だったり、家もこの別宅とは比べものにならないくらい大きくて、立派なのかもしれない。

古寺家に上がり、誉士が買ってきてくれたアイスクリームを食べながら、そのことを尋ねてみた。

「ねえ、本宅ってどんなところなの？」

誉士が買ってきてくれたのは、牧場で飼育している牛から採ったミルクで作る、濃厚なアイスクリーム。ミルクの味が濃く、口に運んできたときにふわっと香るバニラビーンズの甘い匂いが幸せを感じさせてくれる。

どうやら誉士がたまたま出かけた先で出張販売していたらしく、自分も食べたいし私にも食べさせたかったようで、かなりの数を買い込んでしまったそうだ。

「本宅？　うちの？」

誉士は昼に食べた定食がかなりボリューミーだったらしく、夕飯はいらないとのこと。

私が食べているのと同じアイスクリームを持ってきて、ソファーに腰を下ろした。

「うん。今、おじさまとおば様が住んでいるんでしょう？　別宅でさえこれだけちゃんと庭や家の手入れが行き届いてるんだもん、本宅はもっとすごいんだろうなあって思ったの」

なるほど、と誉士が頷く。

彼は少しだけ柔らかくなったバニラアイスを口に入れながら、あまり語られることのなかった本宅のことを教えてくれた。

「本宅はここよりもっと敷地が大きいし、家も大きいよ。あと、セキュリティが厳しいな。昔この家にも置いてあった骨董品《こっとうひん》とかが今は本宅に置いてあるから」

「徹底してるんだねえ……」

「昔は今ほどじゃなかったんだけど、数年前に本宅の蔵が空き巣の被害に遭ったんだ。そのときに父が大事にしていた美術品がいくつか盗まれてさ。それで父が怒り狂って、警備が厳重になった」

致し方ない、と誉士が肩を竦《すく》めた。

我が家には美術品なんてものはない。盗まれて怒り狂うってことは、きっと相当高価なものに違いない。

金額を想像したらぞっとした。

「そ、そうなんだ……なんて言っていいかわからないけど……その、盗まれたものって戻ってきたり、とかは……？」

そんなことあるわけないか……と、思いつつ尋ねた。しかし、予想に反して誉士が「それが」とその後の出来事を教えてくれた。

「空き巣に入られてから数ヶ月後に、父の知り合いの骨董商《こっとう》から連絡が入ったんだ。盗品を売りさばいていたと摘発された骨董商の倉庫から、父の所蔵品が見つかった、とね」

「えっ。じゃあ、戻ってきたの？」

「その連絡があってすぐじゃないけど、ちょっと経ってから警察を経て手元に戻ってきたらしい。俺は現物を見てないから知らないけどな」

「へえ……そういうこともあるんだね。でも、無事に戻ってきてよかった。おじ様も喜んでたでしょう？」

「すごくね」

「おば様は？　おば様もなにか集めたりしてるの？」

質問したら、あっという間にアイスを食べ終えた誉士が、空になったカップを捨てにソファーを立った。

「どうだっけな。なんか、グラスとか陶器とか集めてたような気がする。本宅のリビングに収納棚があって、そこに並べて飾ってるな」

「おお……なんかおば様らしい感じがする」

ちびちびアイスを食べながら、古寺本宅をイメージする。

よっぽど広いお宅なんだろうな……蔵のある家か……さすがだわ……

ぽーっと空を見つめていると、誉士がキッチンからペットボトルに入ったお茶と、コップを二つ持って戻ってきた。

「本宅のことを聞いてくるってことは、もしかして俺と結婚する決意が固まったってこと？」

数秒経ってから、驚いて「ええっ！」と声を上げた。

そんな私を見て、誉士がははっ、と声を出して笑っていた。

「理解するの遅い」

「遅いったって……急に言われたらびっくりするでしょう、普通」

「付き合うとき、結婚を前提にって言っただろ？　それに俺は、今すぐにでも捺生と結婚したいと思ってるから」

ソファーに座っていた誉士が私との間を詰めた。そしてじっと目を見つめてくる。

「改めて言う。俺と結婚してくれ、捺生」

思わず口に含んだばかりのアイスを、すぐにごくんと呑み込んでしまった。

喉に冷たい感覚が走り、心臓がバクバクと音を立てている。

「……っ、でもあの、まだ、付き合い始めたばっかりだよ……？」

「そうだけど、言っておきたくて」

「えーっと……誉士がそう言ってくれて嬉しいし、私も誉士と結婚したい」

「じゃあ」

背筋を伸ばし目を輝かせる誉士に、私は慌てて待ったをかけた。

「なんだけど！　すぐ結婚するっていうのは、ちょ、ちょっと待ってほしいの。誉士のことじゃなくて、私に今、片付けたい問題があるから……」

問題という言葉に、誉士が敏感に反応した。

「ああ、あの面倒くさい元彼のことか」

完全にお見通しだった。

「うっ。確かにそうなんだけど……今日もはっきり断りはしたけど、どうもあれで済んだようには思えないの。だから、せめてもう少しだけ待ってくれる？　ちゃんと片付いたら、なにも迷うことなく誉士のところに行けるから……」

「済んだように思えない、か」

誉士がフー、とため息をついて、腕を組んだ。

「……どこまで面倒なんだか、あの野郎……」

――？　今の、澤井君のことを言ったのかな……？

誉士の意味深な呟きに、心の中で首を傾げた。

確かに面倒ではあるし、誉士も直接会っているのであの野郎と呼ぶのは理解できる。だけど、なぜかそれ以上に澤井君のことを知っているような口ぶりにも聞こえた。

――でも、あの二人に私以外の接点なんかないはず……だよね？　気のせいかな。

きっと私のことを思って怒ってくれているのだろう。そう考えることにして、さっきの呟きに関しては敢えて触れなかった。

「そんなわけで……ちょっとお待たせはしちゃうけど、よろしくお願いします」

あと少し残っているアイスのカップを一度ローテーブルに置き、彼に深々と頭を下げた。

「じゃあ、今から捺生は俺の婚約者な？」

誉士が私の頭を軽くくしゃっと撫でた。

「婚約者かあ……なんか、いいね」

恋人っていう響きも好きだけど、婚約者っていう立場もなんか、いい。

考えるだけで自然と頬が緩んで仕方ない。でも、誉士に見られるのがちょっと恥ずかしくて、つい視線をアイスに落とす。

「というわけで、今度都合つけて婚約指輪買いに行こう」

「えっ、婚約指輪？　いらないよそんなの」

「なんで」

咄嗟にいらないと言ってしまったら、誉士がわかりやすくムッとした。

誤解を与えてはまずいと思い、慌てて「ちゃんと理由があるから！」と弁解する。

「婚約指輪って高いじゃない？　それに私のだけでしょ？　だったら結婚指輪だけでいいかなって。そうすればお互いに嵌《は》められるし」

私の説明に、誉士がなるほど。と頷く。

「値段なんか気にしなくたっていいんだけど。でも、確かにお互いに嵌めた方が気持ち的にはいいな」

「でしょ」

「じゃ、先に結婚指輪を買おう。それなら文句ないな？」

「う、うん。それなら……」

指輪かあ……

そういえば、二十代前半の頃、早々と結婚した友人の結婚指輪を見せてもらったことがあったっけ。そのとき、ただ指輪を見ただけなのに胸が熱くなったのを思い出した。

あれを自分も誉士と同じものを嵌めるのだと思うと、なんかじーんとくる。

「なんか……指輪って聞くと結婚するって実感が湧くね」

「メーカーとかブランドとか、どこか希望はある?」

誉士がスマホを操作しながら私に問いかける。どうやらエンゲージやマリッジリングを扱っている宝飾ブランドをチェックしているようだった。

突然言われても、頭には誰もが思い浮かべるテンプレなブランドくらいしか思い浮かばない。

「えー?　どこかあるかな……見た目が好みであれば、どんなものでもいいんだけど……あら、これ綺麗」

不意に私に向けられたスマホの画面には、透明なダイヤと思われる石がぎっちり敷き詰められたエタニティリングがある。まばゆいばかりにきらめく指輪は、女性なら誰でも見《み》惚《ほ》れるものだろう。

こんなのを見せられて、素敵と思わないわけがない。

「こういうのが捺生の好み?」

スマホを戻して指輪をチェックしている誉士。しかし、私は一抹の不安を感じて誉士の手からスマホを奪い取った。

「ちょっと待って。これ、どこのブランド？」

なんだかとてもいやな予感がした。なので、誉士が見ていた商品のページをスクロールしてブランド名を確認する。

すると案の定。今の指輪はセレブ御用達《ごようたし》の超高級ブランドだったことが判明した。しかもさっきのエタニティリングのお値段が、私くらいの年収の会社員では、どう考えても手が届かないような金額で衝撃を受けた。想像していたものと桁が違う。

ありえなさすぎて、思わず「無理いいいいっ‼」と叫んでしまった。

「こっ……こんな高いのいらないから‼　恐ろしくって普段使いできないでしょっ⁉」

スマホを突っ返したら、誉士がきょとんとする。

「そういうものなのか」

きっと誉士は宝飾品などに疎いのだろう。ここが庶民にはなかなか手が出ない超高級ブランドだということも、もしかしたらわかっていないのかもしれない。

「お金持ちは知らないけど、私達くらいの収入の人はこんな高いの買わないと思うよ……それに、もし万が一買ってもらったとしても無くすのが怖くてつけられないよ。だから、もっと安いのにしてください……お願いします……」

「別に無くしたって構わないけど」

「いや、誉士はよくても私は無理だから……こんなすごい指輪無くしたら一年くらいへこむと思う」

「……一年へこまれるのはまずいな」

誉士は不満げだったけれど、私があまりにも難色を示すので考え直したようだった。

とりあえず今度予定を合わせて休みを取って、二人で宝飾店を見て回る、ということで折り合いがついた。

「そういや話が逸れたけど、本宅の話な」

結婚の話から急に私が質問した話に戻ったので、なんだか可笑《おか》しくて声を出して笑ってしまった。

「も、戻るんだ」

「聞かれたことには答えないと。本宅はセキュリティに関してはさっき話した通り厳重だけど、あとはここよりでかいだけであまり変わらない。ああでも、この別宅よりも建物は新しいかな。ここって元々、うちの祖父母が住んでいた家だから」

初めて聞く新しい情報に、ついえっ!? と声をあげた。

「そうなの？　じゃあ、ずいぶん昔からここに住んでたんだ」

「ああ。つーか、捺生の家を含めここら一帯昔はうちの土地だったらしい。あまりに広いんで一部を売ったと昔祖父が話してた」

そういった話は昔ちらっと聞いたことがある。あまりに広い、ということは、もしかして実家がある辺りが全部誉士の家の持ち物だったのだろうか。

「父方の祖父母が結婚後、この家を建ててしばらく住んでいたんだけど、うちの曾祖父《そうそふ》が本邸に来いって無理矢理引っ越しさせたらしい」

「家を建てたばかりなのに？」

「そう。まあ、曾祖父達も高齢で病気がちだったそうだから、致し方なかったんだろうけど。そのあと空き家になったこの家は、一時知り合いに貸してたらしいけど、その人が出てからまた空き家になって、その後うちの両親が結婚後の新居にしたって話」

「そんな経緯があったのね」

「うちの両親が入るときも、水回りとかは直したらしいし、他にも手は入れたみたいだけどな。でも、なんだかんだ長い間よく保ってくれてるとは思う」

誉士がリビングの中をぐるっと見回した。他の部屋はどうなってるかわからないけど、このリビング・ダイニング・キッチンに関してはレトロモダンな造りで、このままお客さんを入れてカフェにしてもいいくらいお洒落《しゃれ》にまとまっていると思う。

「ここ、すごくいい感じだよ。お洒落だし」

「使える柱は残して、古くなった部分は取り替えて建て替えたんだ。天井に通ってる梁《はり》もそのまま残してる。今流行《はや》りの古民家のリノベーションだな」

「あ、これ!?　そうなんだ、すごい……」

今私達がいるリビングの真上は、確か昔は二階建てになっていて、部屋があったはず。今はその部屋部分がなくなり、天井まで吹き抜けになっている。

残された黒くて太い梁は、何というか味があっていい雰囲気を醸し出している。

昔の物と現代の物がいい感じに混ざっていて、すごく素敵な空間になっていると思う。

昔から知っているせいなのか、私好みの場所だからかはわからないけれど、すごく居心地がいい。なぜだかここにいると気持ちが落ち着く。

「ここ、いいよねえ……私、好きなんだ、この家」

「そうなんだ」

「うん、落ち着くし……天井が高いのも開放感があっていいよね？　夜、間接照明とか使うとすっごくいい空間になりそう。ほら、お酒飲みながら映画でも観るのに最適、っていうか……」

自分の家でもないのに、想像したら楽しくなってきた。

誉士はソファーの背に肘をついて、そんな私を柔らかい微笑みで見守っている。

「そうか。捺生がそこまでここを気に入ってくれているなら、結婚したらここを新居にするのもいいな」

「え？　ここを？」

「それか、結婚したら駅に近いマンションでも買おうかと思ってたんだけど。どっちがいい?」

さらっとマンションを買うとか言われると、庶民な私は条件反射と言っていいくらい、すぐに首を横に振っていた。

「そんな高額なもの買わなくっていいよ!! こ……こんな素敵な家があるのに!!」

私の反応に、誉士がふふっ、と口元を押さえて笑う。

「そういう反応だと思ったよ。それに、ここなら捺生も実家が近くて安心だしな」

「あ、そうか。それもそうだね」

近いどころか隣だし。逆に近すぎて、家を出た気がしないかもしれないが。

「忘れてたのかよ」

また誉士が笑う。

「うん……でもありがとう誉士。先のこととかいろいろ考えてくれてて」

私よりもいろんなことを考えてくれている。そんな誉士への気持ちを、今、また改めて実感している。

——本当に優しいんだから……こういうところ、好き……

しみじみしていたら、誉士がいつの間にか私との距離を詰めていた。

いきなり肩を抱かれ、ん? と思う間もなく、誉士の顔が近づいてキスをされた。

優しく触れてすぐ離れるキスに目を開けたまま応じていたら、誉士が照れたように項垂れる。

「……目、閉じろよ」

「え？　いや、今のは無理でしょ。いきなりだったもの……」

「そうかもしれないけど、見られると照れる」

「照れるの？　誉士が？」

へぇ～と顔をのぞき込む。すると、一瞬だけムッとした誉士が、勢いよく私に覆い被さってきた。

押し倒され、両手をソファーに縫い止められる。

「……俺、ずっと我慢してんだけど」

私を見下ろす誉士の目がいつになく艶っぽい。さすがに私でも求められているとわかった。

この前の夜のことを思い出すと、じわじわと体が熱くなってくる。

またあの夜のように情熱的に抱かれたい。そう思わずにはいられなかった。

「我慢って……ど、どこまで？」

「どこだろうね」

「言わないの？　ずるい……」

「言わなくたってわかるだろ」

最後の方はどこか投げやり。でも、そんなぶっきらぼうなところも男っぽくて好きだ。

私の首筋に顔を埋め、服の上から胸に触れてくる誉士を受け入れた。

「捺生」

あの夜のように甘い声で名前を呼ばれると、それだけで下腹部がじんじんしてくる。

「ん……」

首筋から顔を上げた誉士と至近距離で目を合わせ、どちらからともなく唇を重ねた。

キスをしながら誉士は器用にシャツの前ボタンを片手で外し、開いた隙間から手を入れてきた。素肌の上を誉士のゴツゴツした手が這《は》う感覚にゾクッとして、腰が震えた。

「捺生……もう感じてるのか？　まだあんまり触ってないけど」

キスをやめた誉士が、口元に笑みを浮かべながらブラジャーの下に手を入れてきた。

「触って……るじゃない……」

「気持ちいいとこって、ここ？」

誉士の指が乳房の先端を見つけ出し、摘まんだ。その瞬間に強めの快感が私を襲った。

「あっ……‼」

背中がのけぞってしまうような甘い痺れは、誉士がそれを摘まんでいる間ずっと続いた。

「捺生、かわいい」

私がふるふると快感に身を震わせていると、彼はシャツを大きくはだけさせ、露出した

ブラジャーを胸の上にずらす。

覆うものがなくなった乳房に誉士が顔を近づけた。先端で固さを増しつつある乳首を口に含み、前歯で軽く甘噛みをしたり舌で弄ばれる。

なにをされても気持ちいいとしか思えない。私の口からは、荒い吐息と嬌声《きょうせい》だけが漏れ出ていた。

「あ、………あ、はあっ……」

私が声を出すと、誉士は嬉しそうに舌を動かした。何度も舐めしゃぶられた乳首は、いつのまにか大きく立ち上がり、部屋の照明に照らされぬらぬらと厭らしく光っていた。

「……っ、やだ、誉士……エロい……」

「エロいのはどっちだよ」

声になるかならないか微妙な大きさの私の呟きに、しっかり返事が返ってきた。

しかもそのとき、誉士が私のショーツに手を入れてきたので、またビクッと体が震えた。

「ちょ、まっ……」

「待てない、し……なんでこんなに濡れてるのか教えてもらいたいんだけど」

ショーツの中にある誉士の指が、私の蜜壺に入った。その前から濡れていることは自覚していたが、触れられると後から後から溢れてきて、誉士の指はするするとなんの引っかかりもなく私の中を前後した。

「そ……、んなこと教えられないっ……」

「なんで」

誉士がクスッとする。私が説明しなくとも、すべてわかっている、という顔だ。

「……っ、わかってるくせに……い、意地悪……」

「だな。俺も自分がこんなに意地が悪いって今知った」

でも、敢えて言わせたいんだよ。と誉士が耳元で囁いた。

「捺生、どこが気持ちいい？　教えてよ」

誉士の指が膣壁を撫でる。気持ちいい場所を探すような指の動きに、私の口からは絶えず吐息が漏れ出る。

「よくわかんな……でも、全部気持ちいい……」

「は。全部って……」

「全部……、誉士が触るところは、みんな……」

ここまで言ったら、誉士の指の動きが止まった。

どうしたのだろう？　とすぐ目の前にある誉士を見る。彼の頬はほんのり赤く色づいていた。それが何を意味するのか、このときの私はよくわかっていなかった。

「誉士……？　なんで顔赤いの？」

「言わすなよ」

一度は止まっていた誉士の指が、また私の中を前後する。動かしながら膣壁を撫でられると、なんとも言えない甘い痺れが、私の下腹部を徐々に支配していった。

「あっ！　やあっ、ん……」

「また溢れてきた……捺生、このまま一度イクか」

「えっ、こ、このまま、って……は、ああっ……あっ！」

彼の指が私の中のとある場所で止まる。そこを指の腹を使い丁寧に撫でられると、私の中で生まれた快感が、一気に大きく膨らんだような気がした。

「……今、締まったけど」

「……っ、しらない……」

誉士に言われるとどうも素直に頷けない。でも、気持ちいいのは認める。

私は呼吸を乱しながら、誉士の指の動きに意識を集中させる。

あの、長くてゴツゴツ骨張った指が今私の中で、私の気持ちいいところを撫でている。

それを頭の中で想像すればするほど、ドキドキが止まらなくなった。連動するように下腹部が疼き、彼の指を締め上げていた。

「あ……も、もうだめ、やめて……もう抜いて……」

これ以上されたら誉士の前で乱れてしまう。こんな明るいところでそれを見られたくないと、理性が拒否した。

「へえ、そう……って、そういうこと言われたらなおさら抜けない」

「た……誉士……」

「いいよ、このままイケよ」

ぐちゅぐちゅと指を動かしながら、誉士が私を追い立てる。

――そ、そんな……‼

「いやだ……っ、あ、ああっ‼」

誉士の視線から逃れるように手を顔に当て、必死で悶《もだ》えた。

彼から与えられる小さな快感が集まって、私を絶頂へ押し上げていく。

じわじわとそれを肌で、感覚で感じながら目をぎゅっと強く閉じたそのとき。また指の動きを速めた誉士が、ずっと空気に晒されていた乳首を口に含み、強く吸い上げた。

――‼　やっ……‼

ピリついた快感に「あっ‼」と声を上げた。それと同じくして高まりつつあった快感が、一気に私の中で弾けた。

「あああっ――‼」

下腹部がきゅうきゅうと締まり、足先がピン、と伸びる。そのあとすぐに体から力が抜け、私はソファーにぐったりと体重を預けた。

「気持ちよかった？」

ようやく私の中から指を引き抜いた誉士が、その指にペロリと舌を這わす。

その仕草にドキッとするも、今の私には何かを言う余力が残されていない。

「〜〜〜〜っ」

――もう……っ、私ばっかり……!!

「今日はこのくらいにしとくか。でないと多分俺、止まらなくなりそうだから」

といいつつ、誉士が私の体に腕を巻き付け、強く抱きしめてくる。

「捺生かわいい。好きだ」

まだ呼吸も荒いし、目がチカチカする。でも、私を抱きしめてくる誉士が愛おしくて、彼の体に腕を回さずにはいられない。

「ん……私も、好き……」

顔を見合わせた私達はまた、唇を合わせた。さっきみたいなかわいいものじゃなく、今度は舌を絡ませた艶めかしいキスを。

――私、本当にこの誉士と結婚するのかな……まだ信じられない……

まだ夢の中にいるような気分だった。でも、その夢の端っこに小さな気がかりがある。

すっきりした気持ちで誉士と向き合うためにも、早くあのことをどうにかしなくては。

誉士と結婚することを想像しながら、私は気持ちを新たにするのだった。

そしてこの晩、誉士は本当に宣言通り、私を気遣ってか最後まではしなかった。でもその代わり、何度も何度も私を抱きしめてキスをしてくれた。

誉士と結婚の約束をして、数日が経過した。

さすがに付き合っていることを両親には話すべきだと思ったので、二人が揃った夕食のタイミングで報告した。

私がお隣の誉士と付き合っていると知った両親は、はじめ何を言われているのかわからない様子でぽかんとしていた。

「捺生が……古寺さんの誉士君と交際……!?」

「そう」

なんせここ数年私に男っ気が全くなかったこともあり、親はすぐに現状を理解できないようだった。

うちの子はなにを言っているのだ、と言わんばかりに目を泳がせている二人に、わかりやすくもう一度状況の説明をする。

「だから！　つい最近、再会をきっかけにお付き合いを始めたのよ。まあ、信じられないのも無理ないかもしれないけど……」

私自身もまさか誉士とこうなるとは思っていなかった。だから、自分の現状をまだどこか信じられないところはあるのだが。

それはさておき、両親にこのことを説明してから数分後。ようやく先に母親の方が状況を把握し、ほっとしたように笑顔になった。

「よかったわねえ……古寺さんなら私も気持ち的にすごく楽だし、嬉しいわ」

父親はずっと黙っていたのだが、母の言うことに「そうだな」と頷いてくれていた。

「全く知らない人より、古寺さんなら私も安心だ。誉士君もいい子みたいだしいいんじゃないか」

反対どころかあっさり認めてもらえて、ひとまず安心した。

この日いなかった弟にはまた後日説明するとして、これで気になるのは澤井君のことだけだ。しかし、彼はあれから勤務先に来ることもなく、今のところ平和な毎日を送ることができている。

このままずっと来なければいいなー。と思っていたのだが、さすがにそう易々《やすやす》と事は運んでくれなかったのだった。


それから数日後のある日。休日を経て遅番で出勤した私が事務所に顔を出すと、四十代の主婦パートさんが私に近づいて来た。

「角間さんおはようございます」

「おはようございます。お疲れ様です～」

「あの、さっき角間さんに会いたいというお客様がいらしたんですよ」

言われた瞬間、頭に浮かんだのは澤井君の顔だ。

「……私に？　もしかして、澤井とかっていう若い男性……？」

でもパートさんがあっさり否定したので、そうではないらしい。

「いえ、五十代くらいの男性です。まだ出勤していないってお伝えしたら、あっさり帰ってしまわれまして」

「そうなんですか……？　誰だろう」

全く思い当たる人がいない。

とりあえずパートさんにお礼を言い、フロアに出ることにした。

尋ねてきた男性のことなど頭からすっかり消え、仕事をしているうちに閉店間近となった。

外に出ていた立て看板を片付け、店を閉める準備を始めたとき、「すみません」と店に男性の声が響いた。それに気付き、私が店の入り口まで行くと、スーツをピシッと着こなした中年の男性が立っていた。

「申し訳ありません、もう閉店時間なのですが……」

「あ、いえ。食事に来たのではないんです。ここにお勤めしている角間捺生さんという方に用がありまして……」

丁寧で腰が低い感じの男性を前にして、ハッとする。もしかしてこの人、昼間パートさんが言っていた人ではないだろうか？

「……角間は、私ですが」

名乗ったら、男性が「ああ！」と声を上げ、ホッとしたように頬を緩ませた。

「あなたでしたか！　すみません、こんな夜分に……仕事を終えてから来たらこんなに遅くなってしまって。私、今西《いまにし》と申します。あ、これ……」

慌ただしく取り出したケースから名刺を渡される。そこには、誉士の家が経営するＫＤＲの名前があった。役職は常務取締役とある。

この人、ＫＤＲに勤務する人なのか。でも、そんな人が私になんの用なのだ？

「あの、それで私になにか……」

「はい、あの……立ち入ったことを伺いますが、角間さん、古寺誉士さんと親しくされてますよね」

いきなり誉士の名が出たことに、すぐには頭が追いつかなかった。

――なんでこの人、私と誉士のこと知ってるの⁉

きっと不審がっていることが顔に出ていたのだろう。私の顔を見て、男性が少し慌てた。

「ああ、申し訳ない、怖がらせるつもりはないんです。あなたのことは古寺社長からお伺いしたので……なんでも、誉士さんはあなたに会いたいがために引っ越しまでされたと」

「……社長って……誉士のお父様から、ですか……？　でも、それがなにか……？」

確かに誉士のお父さんなら私のことは知っているし、この人が聞いたとしても不思議はない。でも、だからといってこの人が私に会いに来る理由がわからない。

「簡潔に申し上げると、古寺誉士さんから離れていただきたいのです」

「……へ？」

――離れる？　離れるって、どういう意味で……

意味が分からず混乱する。そんな私に、今西さんが畳みかける。

「わかりにくかったですかね？　つまり、古寺さんには私の娘と結婚していただきたいので、あなたと結婚されては困るのです」

「えっ……⁉　な、なんでですか⁉　そんなことを私に言われても……」

「古寺さんには私の方から再三申し上げましたけどね、一向に聞き入れてもらえないのであなたに直接お願いに来たのです。もちろんタダでとは言いません。謝礼ははずみますよ」

にやりと口元だけ弧を描く今西さんが不気味すぎて、背中がゾクッとした。ついでにこの人は絶対ヤバい人だ。根拠はないけど私の中の何かがそう訴えてくる。

「そ……そんなの従えません！」

「ええ……？　彼と別れるだけで大金が手に入るのですよ？　こんな美味しい話、乗らない方が損だと思いますけどねえ……」

不穏な笑みを浮かべる今西さんを睨みつける。すると、背後から「角間さーん?」と私を呼ぶ真壁さんの声が聞こえてきた。

「あ、はいっ、今行きます!」

「じゃ、気持ちが固まったら電話くださいね。私はこれで」

私が真壁さんに返事をしている間に、今西さんがこの場から去って行った。

その背中に視線を送りつつ、心の中で二度と来るなと念を送った。

この出来事はさっさと誉士に話した方がいい。そんな気がした私は、元々迎えに来てくれることになっていた誉士の車に乗ってすぐ、事情を説明した。

今西さんの名前を出すと驚いた顔をしていた誉士だが、全てを話し終えた辺りでは呆れているというか、困り果てているようだった。

「わざわざ捺生のところまで……ほんと、暇だな」

「えっ、じゃあ……あの人が言ってたことは本当……?」

「ああ。元々は次期社長の座を狙ってると噂されていた人なんだけど、俺が入社してからどうも方針転換したみたいで、自分の娘と俺をどうにか結婚させようと躍起になってるんだ。まあ、普通にウザい」

確かに……。私が誉士の立場なら同じ事を考えるかも。でも、それよりも気になったのは別のことだった。

「……もしかして、誉士はそれがあったから私のところに来たの？　結婚させられたくないから……」

本当はこんなこと考えたくない。でも、もしそうだったらと思うと、せっかくプロポーズしてもらっても気持ちはどこか複雑だ。

私の心情をいち早く察知してか、誉士の反応は早かった。

「確かに今西常務から娘を紹介されたことが、捺生との結婚をより意識するきっかけにはなったかもしれない。でもそれはあくまできっかけに過ぎない。元々社会人として数年経験を積んだら捺生に会いに行くつもりではいたんだ。むしろ早まったくらいだよ」

「そ、そっか……ごめん、変なこと聞いちゃって」

誉士の気持ちを疑ったことが恥ずかしかった。でも、彼はそのことについて触れようとはしない。

「とにかくこの件に関してはきっちり白黒付ける。だから、捺生はこのまま待っててくれないか。また今西常務が会いに来てもできるだけ会わないように」

「う、うん。わかった」

「それに……いい加減、ちゃんと解決しないといけないな。澤井のことも……」

運転席でしみじみと誉士が呟く。

その口ぶりはこの前と同じ、澤井君のことをよく知っているような言い方だった。

どうしてもそのあたりに違和感を感じて、誉士に聞かずにはいられなかった。

「あのさ。誉士さ……この前から澤井君のことを以前から知っているような感じで話すよね？　もしかして、私のことがある前から澤井君のことを知ってたりする？」

「………捺生」

まっすぐ前を向いていた誉士が、さっきとは違う低いトーンで名前を呼んだ。

「な、なに」

「お前って結構鋭いんだな。まさか気づかないだろうと思ってたから驚いた」

「ひ……一言多い！　でも、てことはやっぱり誉士、以前から澤井君のこと知ってたんだ？」

今度は運転席からハー、とため息が聞こえてきた。

「……捺生は、澤井久司の勤務先がどこか知ってる？」

「え？　……確か、大手食品メーカーの販売促進部って聞いてるけど……」

「それは前の勤務先だ。今、奴《やつ》が勤務しているのはＫＤＲ食品サービス。うちが数年前に設立したフードデリバリーの会社だよ」

「……へっ？」

澤井君から聞いていた彼の勤務先は大手食品メーカーだった。それなのに、なぜここで誉士が関係しているKDRが出てくるのか。

　わけがわからない。

「ちょ、ちょっと待って……私、澤井君から直接名刺もらったけど、KDRじゃなかったよ……？」

「それは昔の名刺じゃないのか。確かに昔はそこに務めてたらしいけど、奴はもうそこに勤務していない。数年前に転職したんだろう。実際、俺は一年程前にKDR食品に出向して、わりと最近まで勤務していたんだけど、そこで澤井に会っているから、間違いない」

　転職、そして誉士は以前職場で澤井君に会っている。

　明らかになる事実に、頭が混乱する。

「えええ、そうなの!?　じゃあなんであの人、私に嘘言ったの……？」

　理解できなくて、無意識のうちに頭を手で押さえていた。

「そりゃ奴が昔いた食品メーカーとうちの子会社では、会社の規模も知名度も全然違うからじゃないか。捺生の気を引くには昔の名刺の方が効果があると思っていたんだろう」

「でも、そんな嘘ついたってそのうちばれるのに！　しかも結婚を申し込んできたんだよ、あの人」

　結婚、という言葉を口に出したら、わかりやすく誉士の表情が曇った。

「噂じゃかなり弁が立つらしいからな。直前になってヘッドハントされたとかなんとか言ってごまかせば済むことだ」

「そ、それにしたって……騙すなんてひどいよ。でも、なんで転職したんだろう？　あんな大企業に勤めてたのにもったいない……」

「勤めていたくても、勤め続けられないような状況に陥《おちい》ったってことだろ」

どこか冷めたような誉士の口ぶりに、もしかしたら誉士は事情を知っているのかもしれない、と思った。あくまで勘だけど。

「誉士？　なにか知ってるの……？」

運転席の誉士に体を向けて訴える。私の顔をちらっと見た誉士は、口をきゅっと引き結んで少々表情を曇らせた。

「……細かい事情はまだ調査中だが、どうやら仕事でも私生活でも人間関係でトラブルばっかり起こすんで、自然と居場所がなくなって退職に追い込まれたみたいなんだよな」

「えええええ‼　うっそ……でも、なんか、ぽい、わ……」

――澤井君ならあり得るかも。自分勝手だし、話、通じないし。なんか……うん……

変に納得していたら、隣からふっ、と鼻で笑われた。

「納得してるし……」

「だって私も彼の被害者だし……あれ？　誉士さっき澤井君と会社で会ったって言ってたよね？　でも、この前澤井君、誉士に会っても気がついてなかったよね」

「俺、出向先では地味に徹してたから。今みたいな外見じゃないし、社長の息子だってことも伏せてたしな。澤井はいつもでっかい声で話しながら歩いててうるせえ奴だったよ。だから目立ってた」

「印象はよくなかったってことね……」

　変わらないんだなあ、と納得。

　でも、変わらないってことは今の会社でも周囲に迷惑をかけているのではないか？

　そう思い至り、すぐ誉士に尋ねた。

「ねえ。……ってことは今も澤井君って会社でなにか問題を起こしたりしてるの？」

　何気なく尋ねた。しかし、この質問をした途端、誉士の表情がより険しくなった。

「……そのあたりに関して、まだ詳しいことは言えないんだ。ごめん」

「あっ。いやいや、ごめん。そうだよね、内部のことは言えないよね。いいの、今のは忘れて」

　慌てて今の質問を撤回した。私の様子に、誉士の表情が少しだけ柔らかくなったような気がした。

「いや、個人情報云々《うんぬん》ってこともあるんだけど、その前にまだ調査してる段階でさ。でも、ただ一つ言えることは、やはり澤井久司はかなり癖のある人物だということだ」

「……そうなんだ……」

「とにかく、一人であいつに会ったりするなよ。澤井のことも、俺に任せてくれ」

「え、あ、うん……」

――た、誉士……

はっきり会うな、と言われると、こんな状況なのになぜかこそばゆい。

誉士の男らしさに、激しく胸がときめいた。

――どうしよう。私の彼氏、かっこいい……!!

こんな場所で誉士への気持ちが溢れてドキドキする。変に興奮してきて、呼吸が荒くなって……こんなの、傍《はた》から見たら変態みたいじゃないか。

このままではきっと誉士に変な奴だと思われそうなので、窓側に体を向けひっそりと深呼吸を繰り返した。これでなんとか収まってくれるといいんだけど。

――ここまで言ってくれるんだもの。ここはもう、誉士にすべてを委ねよう……

その思いを胸に、意識しまくっていることがバレないよう必死で平静を保つ。運良く誉士に様子がおかしいことはバレることなく、無事に家に到着した。

今夜ももう時間は遅い。でも、もしかしたら家に誘われたりするのかな? なんてうっすら考えていた私だが、残念ながら今夜は誘われなかった。

「じゃ、またな」

「うん、今日はいろいろありがとうね」

お礼を言うと、誉士は「おう」と笑って、そのまま自宅ではない方向に走り去ってしまった。

てっきりこのまま自宅に戻るのだとばかり思っていた私は、きょとんとその場に立ち尽くす。

「……あれ？　誉士、家に帰らないの……？」

もう夜の十時をとっくに過ぎているのに、こんな時間からどこへ行くのだろう。

そしてこの夜。誉士からメッセージが送られてくることはなかった。

＊

捺生との記憶で一番古いものは、確か自分が小学校一年生にあがったばかりのときだと思う。

『誉士くんおはよう』

朝は登校班でまとまって学校に行くのだが、家の近所にたまたま小学生が少なかったせいで、俺と捺生はいつも二人だけで学校に行っていた。

捺生は当時小学校三年生。今思えば一年生も三年生もさほど変わらないようなものに思えるが、あの頃の自分から見た捺生はすっかり小学校での生活に慣れたお姉さんに見えた。当時の捺生はロングヘアで、それをいつもポニーテールにしているか襟足で一つ結びにしているスタイルが多かった。

細身の体型で手足もすらりと長く、顔立ちも目がくりっとしていて可愛らしい。そんな捺生は、小一の自分から見て明らかに魅力的な女の子だった。

捺生と一緒に学校へ行くうちに、次第に隣に住む角間家とも家族ぐるみで交流するようになった。頻繁にではないが、夏休みに家族でバーベキューをしたり、たまに母親と一緒にお互いの家を行き来して、それぞれの家でお茶をする、といったことは何度かあったと思う。

捺生には五歳年下の弟がいるのだが、彼女が小三のとき弟はまだ保育園に通っていた。そういう事情があったからかどうかはわからないが、捺生は弟だけでなく、俺のことまでよく面倒を見てくれた。

学童保育で会えば気さくに話しかけてくれるし、宿題も見てくれた。たまに少々口の悪い年上の男の子に絡まれたりすると、どこからかひゅっと捺生が飛んできて、

『ちょっと‼　いくら誉士君が可愛いからってからかうのやめな‼』

と、助けてくれたこともあった。

一人っ子の自分からすれば、まるで本当の姉のような錯覚すら覚えた。

多分、その男の子は捺生のことが好きだったのだと思う。好意を寄せている捺生が自分と仲良くしていることが気に食わなかったのだろう。

からかわれると普通はその相手を苦手になりそうなものだが、意外にも自分はそうならなかった。それどころかその相手が自分を敵視する気持ちがわかりすぎて、変に仲間意識のようなものを抱いてしまったくらいだ。

でも、捺生はそういったことに疎いので全く気づいていないようだったが。


学童保育のない週末にうちの両親が仕事で家を留守にするときは、角間家にお邪魔して捺生と一緒に過ごすこともあった。

『誉士君って綺麗にご飯食べるよねえ……』

あれはいつだったか。母親に持たされたお弁当を食べていたとき、不意に捺生がこう言ってじっと俺を見つめてきた。

『え？　そう？』

『そうだよ。姿勢もいいし、なんか、すごく食べ物が美味しそうに見えるもん。私も見習わないといけないなー』

——そ、そうなのかな。自分じゃなんとも思ってなかったけど。

『そっか……姿勢がいいと食べてる物も美味しそうに見えるんだね？』

『うん。あ、誉士君も格好良くみえるよ』

『それはお世辞でしょ……』

半笑いで突っ込んだら、捺生がそんなことないよ？　と微笑んでくれた。

不思議なことに、あの笑顔を今でもよく覚えている。

人生で初めて食べる姿が綺麗だと言われた。

それがとても嬉しくて、捺生の前ではいつも以上に意識して、背筋を伸ばして食事をしていた気がする。

子供の頃の捺生は、とにかくいつも明るくて、優しくて、くるくるとよく笑う子だった。彼女の周りにはいつも誰かいたし、彼女を好きなのだろう、と傍から見てありありとわかる男の子は何人かいた。

対する俺は両親が常に多忙な毎日だった。母親が学童保育に迎えに来て、家に戻るといつもバタバタと食事して、風呂に入って寝るという毎日。

親子の会話がないわけじゃないけど、食事をしている最中も母親は電話が鳴れば対応していたし、父親が帰宅するのは決まって夜の九時以降。朝しか顔を見ないという日も多かった。

そんなときに捺生と会うのは楽しかった。角間家のおじさんやおばさんも優しかったし、当時はまだ小さかった弟君も可愛かった。

今思えばだけど、自分にとって捺生を含めた角間家というのは、慌ただしい日常の中で唯一ホッとできる場所だったのではないか。

そんな生活がしばらく続くうちに、小学校一年生だった自分は四年生に。捺生は小学校六年生になった。

身長がぐんぐん伸びて、すっかり思春期の女性らしくなった捺生を気軽に『捺生ちゃん』と呼ぶのは少々気恥ずかしい。そんな気持ちを抱いていた。

でも、捺生の方は以前と変わらず、家の近所であろうが学校であろうが俺の姿を見つけると、すぐ『誉士君』と声をかけてくれた。

いくつになっても変わらない捺生に、いつの間にか淡い恋心のようなものを抱いていた自分だが、小四の秋。突然それまで療養生活を送っていた祖父が他界したことにより、我が家は一家揃って本宅に転居することになった。

正直言って、自分は転居したくなかった。

捺生と離れるのはもちろん、せっかく仲良くなった友人達と離れるのも苦痛でたまらなかった。転校して、また一から人間関係を構築しないといけないのも億劫《おっくう》でしかない。

だけどさすがに小四の自分が、一人であの家に残ることなどできるわけがない。

それ以前に我が家では家長となった祖母の意思は絶対なのだ。逆らうことはできなかった。

頭では理解していたけれど、親に懇々と説得されているうちに反論すらする気が失《う》せた。

捺生と離れると決まって、彼女にどう説明しようか悩んだ。悩んで悩んで……悩んでいるうちに引っ越し当日になってしまい、結局タイミングを逃して彼女には会えないまま引っ越すことになってしまった。

最初は、時間が経てば捺生のことは忘れてしまうだろうと思っていた。

だが、自分が思っていた以上に捺生の印象が強かったのか、彼女のことが好きだったのか、何年経っても捺生の存在が自分から消えることはなかった。

とはいえ、学生のうちに再会してもきっと『幼なじみで、弟のような存在』としか彼女に見てもらえないだろう。だったら、せめて社会人になり、たった二歳の年齢差など気にならなくなってから彼女に会いに行こう。

そう考えていたのに、ある事情により予定が大幅に狂ってしまった。

「……はい。ええ、お忙しい中申し訳ありませんがご足労願えますか。はい。また場所など決まり次第こちらからご連絡いたしますので。では、よろしくお願いいたします」

通話を終え、職場のデスクで椅子に座ったまま、ふーとため息を漏らす。

これで準備は整った。あとは捺生に頼んであいつを呼び出してもらうだけだ。

――全く、手のかかる野郎だよ、澤井久司……

とはいえ、澤井のことがなければまだ捺生に会うこともなかった。それを考えれば、これはこれでよかったのかもしれない。

そんなことを思いながら、俺はスマホを手に取り、画面に捺生の連絡先を表示したのだった。

第五章　御曹司は苦労が絶えない

「そういえば最近、誉士君はどうしてるの？」

早番勤務の朝。ダイニングテーブルで朝食を食べていると、母が何気なく尋ねてきた。

習慣にしているヨーグルトに母が作ったブルーベリージャムを入れたものを口に運びながら、私は母にばれないよう小さくため息をついた。

「さあ。最近忙しいみたいで、あんまり連絡ないから……」

「そうなの？　あんた、まさか付き合い始めたばかりなのに、もう愛想尽かされたとかじゃないでしょうね」

「そっ……んなはずない。大丈夫……（なはず）なにもやらかしてない……多分」

自分に言い聞かせるように言うと、目の前にいる母が訝しげな視線を送ってくる。

「本当に大丈夫なんでしょうねえ……誉士君みたいな人そうそういないんだから、逃さないようにしなさいよ」

「魚じゃないんだから……」

ぶつぶつ言いつつ、私はヨーグルトに視線を戻した。

——お母さん、実はその辺り、私にもよくわからないのです……

確かに誉士に対してはなにもしていない。でも、澤井君がらみのことを思うと、やや気になる部分はある。

あの夜、誉士は俺に任せてくれ。と言った。だけど、それからどうなったのかがまったくわからない。なんせ誉士からはほぼ連絡がないのだから。

気になった私が【大丈夫？　ちゃんと食べてる？】【忙しいの？】とかメッセージを送ると、それに対しての答えだけはちゃんと返ってくる。

でも以前のように会おうとか、家に来るか？　といった誘いというものが、このところぷっつりと途絶えてしまったのだ。

よほど忙しいのか、それとも体調でも悪いのか。そればかり考えてしまい、ここ最近ずっとモヤモヤする日々を送っている、というわけなのだった。

待つべきなのはわかっている。でも、誉士のことが気になりすぎて、どうにもならない。

今夜辺り電話してみようか。

考えながら残っていたヨーグルトを全部食べ終えた。そのとき、ちょうど二階から起きたばかりの弟がキッチンにやってきた。

「あー、姉ちゃん今日は早番か」

まだ上下ネイビーのスウェット姿で、ぐしゃぐしゃの髪をした百八十センチ以上身長のある大きな弟、竜城《たつき》がダイニングテーブルの定位置に腰を下ろした。

現在大学四年生である竜城は、就職も決まり、今は残り少ない大学生活を満喫しつつ、アルバイトに明け暮れる毎日だ。ちなみにアルバイト先は個別指導の学習塾だったりする。

今は受験を控えた中学三年生の指導をしているようで、最近バイトのある日は帰宅が夜遅い。

「昨日も遅かったみたいね。最近毎日こんななの？」

母親に渡されたパンを弟に手渡しながら尋ねると、竜城は眠そうな目をこすりつつ「うん」と頷いた。

「すげえ熱心な子がいて。わかんないところがあるからって居残って勉強してると、ついこっちも熱くなっちゃって。その子が帰ったあとも指導方法とかで他の先生と話し合いしててさ……」

「へえ……そうなんだ。なんか、すっかり学習塾の先生になっちゃったわねえ」

誉士ほどではないにしろ、竜城もなかなか偏差値の高い大学に在籍している。そのため、学習塾でバイトを始めた頃、本気で塾に就職しないかと熱心に誘われたらしい。

断るのに苦労した、とげんなりする竜城の姿をよく覚えている。

そんな弟は、もぐもぐとパンを咀嚼しながらいきなり「あっ」と声を上げた。

「そうだ。姉ちゃん、昨日の夜のことなんだけどさ」

パンを口に咥《くわ》えた弟が、なにかを思い出したらしい。

「ん？　なに」

「うちの近くで変な男がうろうろしてたんだよな」

「変な男？」

聞き返しつつ、思わず怪訝な顔をしてしまう。

「あ、姿格好は変じゃないんだ。どっちかっていうとシュッとした感じのサラリーマン？　みたいな人だったんだけど、うちの様子を窺ってたっぽいんだ。俺がどちらさま？　って声かけたら、なんでもないですっ、て言ってすぐいなくなったんだけど」

姿格好は変じゃなく、シュッとしているサラリーマンで、うちを窺っていた。

話を聞いただけで断定はできないけれど、思い当たる人物が一人だけいる。

――澤井君……？　ついに私の家まで来た⁉

私が黙り込んでいる間、代わりに母が弟と会話を続けていた。

「ええー、いやだ‼　怖いわねえ……警察に連絡した方がいいかしら。捺生だって遅番の時、帰りが夜遅いんだし、なにかあったら嫌よお母さん。あ。ねえ、竜城。それってお隣の誉士君じゃないわよね？」

「お隣の誉士君って、あの誉士君だろ？　そんなわけない。いくらなんでも俺だって誉士君なら見ればわかると思うよ。それに、そいつ逃げてった方向誉士君の家とは逆の方向だったし」

「そう……じゃあ、一体誰なのかしらねえ……捺生、あんたも気をつけなさいよ？」

急にこっちに話を振られてビクッとする。

「ああ、うん。わかった気をつける」

「しかし姉ちゃんとあの誉士君が付き合ってるとか……びっくりだよな。てことはさ、姉ちゃん誉士君とこに嫁に行ったら隣に住むんかな？」

もぐもぐパンを咀嚼しながら、弟が首を傾げる。

つい最近誉士と付き合いだしたことを報告したら、竜城は目をまん丸くして驚いていた。

でも、少なからず自分も知っている誉士となら、安心して祝福できると喜んでくれた。

なにげに我が家の人間は、みんな誉士が好きなのだ。それがとても嬉しかった。

「……ま、まだわかんないけど。でも、その可能性はちょっとあるかも。誉士もそれっぽいこと言ってたし」

「なんか、すごいよな。子供の頃家族ぐるみの付き合いをしてた家と、本当に親戚関係になるなんて。こんなのなかなかあることじゃないよね」

「そうよねえ……お母さんもびっくりよ」

ははは〜、と和やかに笑う母と弟の横で、私は未だに不審者＝澤井君という考えから離れられずにいた。

――早く澤井君とのことをどうにかしないと。これから先なにかあると、もう私や誉士の胸にとどめておくことができなくなってしまうかもしれない。

親に心配をかけるのも嫌だし、警察沙汰とかに発展するのも避けたい。

そう考えていた私の元に誉士から連絡が入ったのは、この日の夜のことだった。

入浴を済ませ、ベッドでうだうだしていたとき。タイミングよく誉士からの着信があり、私は飛びつく勢いでスマホを手に取った。

「たっ……誉士？」

『おう』

スマホから聞こえてくる誉士の声はいつもと一緒。もしかして体調が悪いのでは？　と心配していた私は、体の力が抜けるくらい安堵してしまった。

「よ……よかった。最近すごく忙しそうだったし、連絡もないから心配してたんだよ？　ちゃんとご飯食べてるの？」

『捺生、母親みたいだな』

笑いを含んだ返しに、ついムッとしてしまう。

「悪い？　でも、本気で心配したんだよ？」

『ごめんごめん。ありがとう。忙しかったけど、食事はちゃんと三食とってたよ。まあ、弁当だったり外食がほとんどだけど』

「それでもいいよ。よかった。忙しすぎて倒れてたらどうしようかと……」

『そこまでじゃないよ。ただ、ちょっと本宅に行ったりしてたからなかなかそっちに帰れなくてね。ぼちぼちそっちに帰れると思う』

——本宅に行っていた。それって、家でなにかあったということなのかな……？

気にはなったけど、今そのことはいいや、と敢えて聞かなかった。

「ぼちぼち……ってことは、まだこっちには来ないの？」

『帰るよ。でも、その前に』

誉士の声のトーンが少し落ちた。

『捺生、申し訳ないんだけど、ちょっと協力してもらいたいんだ』

「ん？　なにを？」

協力ってなんだ？　と頭にクエスチョンマークが浮かぶ。

『澤井久司を呼び出してほしい』

「……へ？」

なんで？　という考えがよぎる。

『少し考えがあって。ついでに今西常務の件も一緒に片付ける』

「へ⁇　な、なんで今西さんまで？」

『まあ、ちょっとね……。澤井を呼び出すことができたら連絡くれ』

誉士が澤井君とコンタクトをとろうとしていたことも驚いたけど、まさかそこに今西さんを同席させるなんて、一体どういうこと？

「ちょっと待ってよ、急展開に頭がついていかないんだけど」

『会ったときに全部説明するよ。とにかく、捺生は澤井を誘い出してくれればいい。あとは俺がどうにかするから』

よくわからないけど、誉士に任せておけばいいということか……

「わかった……。じゃあ、澤井君に連絡をとってみる。多分まだ着信履歴に番号が残ってるはずだから」

『悪いな捺生。場所や時間などの詳細は、このあとＳＮＳに送る。それと』

「ん？」

『愛してるよ』

気を抜いていたところにいきなりの愛の言葉。さすがにこれには、意表を突かれた。

――ちょっ……誉士‼

「こ……こら。いきなり驚かさないでよ」

『驚くのかよ。喜ばせようと思ったのに』

「喜んでるよ。驚いたけど」

『そか。それならよし。ほら、捺生は？　俺には言ってくれないの？』

そうくるか……

「……っ、あい、してるっ……」

精一杯気持ちを伝えたのに、なぜか誉士は無言のままだ。

「ちょっと、ちゃんと言ったのになんで無反応なの？」

『なんかすごい言わされてる感が』

——も、もう……

一度深呼吸をしてから、もう一度スマホを耳に当てた。

「……愛してる。だから、あんまり無理しないでね？」

スマホからふっ、と誉士が笑ったような気配がした。

『ありがと。元気出た。じゃあ、よろしく頼む』

さっきよりも声が明るくなったことに安心してから、誉士との通話を終えた。

「よかった……元気だった……」

澤井君云々はこの際置いておいて、誉士に変わりがないことにほっとした。

誉士が一体何をしようとしているのかはわからない。でも、彼がやろうとしていることに対して、一切疑問は湧かなかった。

私は彼を信じてついて行くだけだから。

誉士が澤井君を呼び出すように指定した場所は、私の勤務先だった。

さすがに私が勤務中のときは話し合いの場に参加できない。よって土曜の夜、私が早番勤務を終えた後に店へ来てくれるよう澤井君にお願いした。

『ようやくか。それにしてもえらく待たせてくれたなあ』

案の定、澤井君は私が電話をするといきなりこう言ってきた。相変わらずの上から目線に、電話の最中なのに自然とため息が出てしまった。

日時と場所の連絡だけで早めに通話を終えたのだが、ちょっと話しただけなのにすごく疲れた。

そして話し合いの当日。

早番で仕事を終えた私は、誉士達が来るまで店の休憩室で待たせてもらっているのだが、なぜか私の隣には同じく早番を終えた細田さんがちょこんと座っている。

「細田さん……今日に限ってなんで帰らないの？」

疑問に思いながら隣を見る。

細田さんはいつもお団子にしている髪を珍しく下ろし、綺麗に化粧を施した姿で私に微笑みかける。

「だって、あの澤井さんて方と話し合いされるんでしょう？　もしなにかあったら私も参戦しようかと思いまして！」

「ええ、細田さんも？　ど、どのタイミングで……」

「いや、ほら、なにがあるかわからないから、遠くの方から話し合いを見守っていようかな、って……」

「とかなんとか言って、本当は事の成り行きが気になるから、とかじゃないの……？」

訝しむと、細田さんがわかりやすくペロッと舌を出す。

「あれっ、わかっちゃいました？」

「わかるよ……でも、私も今日どういう話し合いになるのかちょっとわかんないんだよね」

——もしかしたら細田さんが考えているよりも、もっと暗くて重たーい雰囲気になってるかもしれないんだけど……

でもこの考えは彼女に伝えなかった。たわいない会話をしているうちに、いつの間にか待ち合わせ時間が近づいてきた。

「じゃ、行くね」

「はーい。行ってらっしゃーい。話し合いが終わったらどうなったか教えてくださいね？」

「う、うん……わかった」

一旦彼女と別れ、予約しておいた四人がけのボックス席に移動した。そこは店の奥にあり、周囲の目があまり届かない話し合いにはうってつけの席だ。

椅子も窓側の席と違い、クッションが効いたベンチシートなのでお尻にも優しい。

待ち合わせの時間まではあと数分あるので、人数分のコップと水の入ったピッチャーを用意した。

自分が呼び出したものの、久しぶりに澤井君と顔を合わせることは、はっきりいって憂鬱でならない。

——誉士の言うとおりにしたけど、いったいどうやって話をつけるつもりなんだろう……だって、相手は打っても全く響かない澤井君だよ？　それどころか物事を自分の都合いい方へねじ曲げるのが大得意な澤井君だよ？

今回、澤井君とのことにしっかりと決着がついたら、今後誉士に頭が上がらなくなるような気がする。

テーブルに備えついているメニューを見ながらため息をついていると、こちらに歩いてくる足音がする。誉士か澤井君か。息を呑んで窺っていると、現れたのは私服姿の澤井君だった。

「おう。待たせたな」

手入れされていないもさっとした髪に、ブルーデニム。上半身はパーカーというカジュアルな格好。思いっきり休日のスタイルだ。

「……どうぞ」

私がすぐ目の前に座るよう勧めると、澤井君は無言のままドカッとベンチシートに腰を下ろした。

「勤務先に呼び出すってことはあれか、今日は休みか」

「ううん。早番だったの。さっき仕事終わったところ」

「ふーん」

あんなに連絡よこせとうるさかった割に、今日の澤井君は機嫌が悪い。なぜか私の方は見ずに、ベンチシートの背に気怠そうにもたれ掛かっている。

「なんか機嫌悪くない……?」

「話し合いの席を設けるまでが長いんだよ。さっさとやればもう片付いていたのに」

ひどい言われようだなと言葉を失う。

「この俺が結婚してやってもいいってわざわざ言いに来てやってんだぜ? 空気読んでさっさとうんって言えばいいんだよ。なのにこんだけ引っ張ってさ」

「……あのさ……、もしかして澤井君、この前うちに来た?」

弟から聞いたことをぶつけてみたら、一瞬だけ澤井君の表情が強ばった。でも、すぐにいつもの顔に戻った。

「……捺生が全然話をしようとしないから、こっちから話をしに行ったんだよ」

「だったら普通にインターホン押せばいいのに。なんで弟が声かけたら逃げたの？　あれじゃ完全に怪しい人でしょ」

これに澤井君がちょっと怯《ひる》んだ。

「う……うるさいな。お前の弟がでかくて威圧感があったんだよ‼」

――なんだそれ。つまり弟にびびったってこと？　意外と気が小さいのかな、この人。

「ふーん……でも私、あなたと結婚なんか死んでもしないから。来ても話し合う必要ないけどね」

自分でピッチャーからコップに水を注いでいた澤井君が、ピクッと反応する。

「はあ⁉　なに言ってんのお前」

「なれなれしくお前とか言わないで。そもそも、澤井君なんで私と結婚したいの？　もうそこからわかんないんだけど」

「簡単に言えば、今の捺生の顔やスタイルが好みだからだ。テレビで見たとき、予想以上にいい女になってたからな。どうしてももう一度俺の物にしたくなった」

「私、物じゃないから」

思わず大きなため息をつく。すると、澤井君がぐっと身を乗り出してきた。

「いいか、捺生。俺みたいないい物件を逃したらおまえが後悔するんだぞ？　そこんとこわかってるのか？」

「後悔なんかするわけないし……」

澤井君が自慢げに言った今の言葉に、どうしてもスルーできないことがあった。

誉士の話が事実なら、彼は今、以前とは違う会社に勤務しているはずだ。それに関しての事実をちゃんと本人の口から聞いておきたい。

「いや、あのさ。そのことでちょっと聞きたいんだけど……」

戦闘モードを少し解いて、神妙に話しかける。すると、このタイミングで私達が座っているボックス席に人の足音が近づいてきた。

「お待たせして申し訳ありませんでした」

声に反応してハッとそちらを見る。声の主は明らかに誉士なのだが、今日の誉士は完全にビジネスモード。以前私が職場まで車で送ってもらったときのような、三《み》つ揃《ぞろ》いのスーツをパリッと着こなし、髪も綺麗に整髪料で整えていてイケメンぶりに隙がない。

ちょっと前にこの姿の誉士とは対面済みなのに、なぜだろう。今更ながらときめいてしまった。

「なんだよ。待ってないけど……って、あ。あんた、この前、捺生とここにいた人……

か？」

澤井君は誉士の登場に怪訝そうな顔をする。それでも、誉士のことはちゃんと覚えていたらしい。

だけど、今日の誉士はこの前私と一緒にいたときとはまるで雰囲気が違う。一見すると同じ人だとすぐにはわかりにくいのに、澤井君はよく気がついたなと驚いた。

ただ、雰囲気の違う誉士に澤井君が困惑しているのだけは、なんとなくわかった。

「覚えていただいて光栄ですね。今日はお忙しいところお呼びして申し訳ありませんでした。実は、私が捺生にあなたを呼び出してくれと頼んだのです」

誉士はこう言って、ごく自然に私の隣に腰を下ろした。

「……あんたが？　なんで……」

なんで自分が誉士に呼び出されたのかがわからない、という顔をして、澤井君が誉士を訝しむ。

「澤井久司さん、先日はご挨拶もせず大変失礼いたしました。私は捺生とは幼少期からの知り合いで、現在は正式に恋人としてお付き合いさせていただいてる古寺と申します」

誉士がはっきり恋人だと宣言した途端、澤井君が驚いたように目を見開く。

「古寺……って、あ、あんた……いや、あなたが……!?」

澤井君が誉士の名前を聞いて急に言葉遣いを改めたので、心の中で首を傾げた。

──澤井君、もしかして誉士のこと知ってるの……？

「わ……わざわざ呼び出してなんなんですか。恋人の立場から、改めて捺生に手を出すなと言いに来たとか？」

私が困惑している間も二人の会話は続く。

「それもありますけど、きっとあなたは私がやめろと言った程度では捺生を諦めないでしょう？　ですので、今日は別の方向からアプローチさせてもらおうかなと。実はまだお呼びしている方がいるんですよ……あ、いらしたようです」

誉士が席から通路側に身を乗り出し、目線の高さに手を挙げた。誉士の合図に気がついたらしくこちらにやってきたのは、この前私のところにやってきた今西さんだった。

「遅れて申し訳な……」

誉士を見て笑顔だった今西さんが、すぐ隣にいる私と、向かいにいる澤井君の存在に気付く。その瞬間、わかりやすく表情が強ばったのを私は見逃さなかった。

そして今西さんの登場に澤井君も口をあんぐりさせている。さすがに勤務先の重役の顔は知っているらしい。

「い、今西常務……!!」

──今西さんまで。誉士ったら、なんでこの人まで呼んだの……!?

「今西常務、なに飲まれますか。あっと、皆さん注文がまだでしたね」

誉士がメニューを摑み、ささっとテーブルに広げた。

淡々としている誉士に困惑しながらも、誉士と澤井君と今西さんはコーヒーを、私はジンジャエールを注文した。

注文を聞きに来たスタッフが去ると、さて、と誉士が微笑む。しかし、誉士以外の私を含めた三人の顔は、多分同じだったと思う。

なんでこのメンツで話をするのかがわからない、という顔だ。

「それであの……誉士君。これはいったい……」

「今日お二人をお呼びしたのには理由があります。まあ、お二人ともうおわかりかもしれませんけれど」

誉士の言う通りなのか、今西さんも澤井君も私達から視線を逸らす。

「……い、今西常務……？　これはいったいどういうことですか……？」

澤井君が今西さんに問いかけた。その口ぶりからして、この二人は知り合いなのだとわかった。

「ど、どうもこうも……」

今西さんが説明に困惑していると、そこへ誉士が割り込んできた。

「澤井さん、あなた自分に関することで、まだ捺生に話していないことがありますよね？」

「え？」

誉士に指摘され、澤井君の目が泳いだ。

「澤井さん。あなたは今、ＫＤＲ食品サービスにお勤めのはずだ。違いますか」

誉士の指摘に、澤井君がハッとする。

「そ……それは……」

澤井君が気まずそうに私を見た。

「……澤井君、本当のところどうなの？　そこに属してないのに、ずっと私に嘘言ってたわけ？　それにどうして今西さんのこと知ってるの？　今西さんって、誉士と同じ会社にお勤めですよね……？」

澤井君と今西さんに視線を送ると、先に澤井君がチッ、と舌打ちした。

「て……転職したんだよ。別に俺の仕事のことなんかどうだっていいだろ」

「どうでもよくないでしょう⁉　だったらなんで再会したときに前の職場の名刺を渡してきたのよ。その時点で嘘言ってるじゃない」

「……そんなの、おまえを釣る為に決まってんだろ。女は大企業勤務っていうと喜ぶからな」

ぼそっと言ったその一言にカチン、ときた。

「わ、私が肩書きにつられて結婚決めるって思ってたの⁉　最っ低‼」

私が澤井君とバチバチに火花を飛ばしていたら、まあまあ、と誉士が割って入った。

「澤井さん。いくら女性に振り向いて欲しいからって嘘はいけないな。なんで前の職場を辞めることになったのか忘れたわけじゃないでしょう」

こんなことを言われたら、きっと澤井君は誉士に食ってかかる。

そう思っていたのに、なぜか今回ばかりは誉士が言ったことに対し、澤井君から反論が出ない。むしろ気まずそうに視線を泳がせているところからすると、事実なのか。

「……ちょっと、澤井君。なにやらかしたのよ……」

なにをして退職に追い込まれたのか。

不穏な空気が流れ始めたとき、話が途切れたタイミングで注文したものが運ばれてきた。ドリンクを置き、スタッフが去ったタイミングで、誉士が口を開く。

「私が説明しましょうか。澤井さんは前の職場で数人の女性と同時にお付き合いをされていたんですよね？　そのトラブルが原因で社内に居場所がなくなって、自ら退職を選ばれた、と……」

誉士の説明を聞き終えた澤井君がうっ、と短く呻いた。

「え。それ、本当なの？」

思わず誉士に聞き返したら、彼は小さく頷いた。

「澤井さんが元いた会社に知り合いがいて、詳細を聞いてきたから間違いない。当時、相当な騒ぎになったようだよ。なんせ付き合っていた女性がことごとく重役や取引先の関係者の娘で、中には澤井さんを帰りに待ち伏せて復縁を迫って周囲の目を憚《はばか》らず大騒ぎした女性もいるそうでね。そりゃ、娘を傷つけられた重役達が怒って閑職に異動させられるのも無理はない」

——ええ……そんなことしたの、澤井君……最低だと思ってたけど、想像以上に最低だった……

信じられないという気持ちを込めて澤井君を睨み付けた。でも、そこはさすが最低の澤井君。私からのきつい視線など痛くも痒《かゆ》くもなさそうだ。

「あ……ありえない。そんなの嘘に決まってるだろう」

ふん、と鼻を鳴らしてコーヒーを飲む澤井君に、反省の色は見られない。

そんな澤井君の顔を窺いつつ、誉士がテーブルの上で腕を組んだ。

「でね、澤井さん。そんな女性にモテるあなたがなぜ、何年も会っていなかった捺生に結婚を迫るのか。それは今西さんに命令されたから……ですよね？」

その通りなのか、澤井君はなにも言わない。

対照的に今西さんが、くっくっく、と肩を震わせる。

「……いきなりなにを言い出すかと思えば……誉士君、なにを言ってるんだ。私がなんでそんなことをしないといけないんだ？」

顔に笑みを浮かべながら、今西さんが椅子の背に凭《もた》れた。

「今西さんのお嬢さんと私との縁談を円滑に進めるため、ですよ」

誉士が真顔ではっきりと言い放つ。そのとき、今西さんの眉がピクッと動いた。

「澤井さんの上司は以前今西さんの部下で、現在も懇意にされている方です。その縁もあって今西常務は定期的にKDR食品サービスに顔を出されてますし、澤井さんを交えた数人で会食もされてる。今西さんは、そのとき澤井さんに捺生を誑《たぶら》かすことを頼んだのだと思います。理由は、私が捺生への思いを理由に縁談を断ったからです。違いますか？」

「ははっ、そんなもの証拠がないだろう、証拠が」

余裕綽々《よゆうしゃくしゃく》な今西さんだけど、誉士の顔は真剣だ。

「証拠はあります。まず、私」

「は？　どういうことだね」

今西さんが眉根を寄せる。

「私がKDR食品サービスにいたとき、そこで澤井さんと今西常務が親しげに会話しているのをこの目で見ています」

澤井君の顔色が変わった。

「か、会話くらいするだろう……」

身を乗り出した澤井君を一瞥《いちべつ》してから、誉士がふー、と息を吐き出した。

「あの夜は、終業後の人もまばらな食堂で今西さんと澤井さんと、あなたの上司の男性が三人で話をしていました。そのとき、たまたまテレビに映った捺生を見て、澤井さんが驚いたように声を上げたんですよ。元カノです、って捺生を指さして、ね」

私がじろっと澤井君を見たら、気まずそうに目を逸らされた。

「それに反応した今西さんもテレビを観て、なぜか不思議そうな顔で捺生のフルネームを呟いていましたよ。多分そのとき、今西さんもすぐ気付いたんだと思います。テレビに映っているのが私の思い人であると」

「えっ……なんで？　なんで今西さんが私の事を……？」

私が疑惑の視線を送ると、誉士が困り顔で「俺じゃない」と否定した。

「実はそれより少し前に今西さんから娘さんを紹介されてね。でも、私には心に決めた人がいるからとすぐお断りしたんだ、が……なかなか今西さんが退いてくださらなくて。そのうち今西さんは私ではなく、父に私と娘さんとの縁談を持ちかけるようになったんだ」

「そ、それは……‼　誉士君が私の話を全く聞いてくれないからで……！」

「あらかじめ私の気持ちは父に伝えてあったので、父は今西さんからの縁談を進めようとはしませんでした。でも、それに納得いかない今西さんは、父に捺生のことをしつこく聞いたそうです。どんな女性なのか、うちの娘よりもそんなに魅力的な女性なのか、と。それに根負けした父が、名前は伏せつつ昔住んでいた家の隣に住んでいた、幼なじみの娘さんで、あいつの意志は固い。だからもう諦めてほしいと説明をしたそうです」

誉士の話を聞きながら、今西さんを見る。落ち着いてコーヒーを飲んでいるように見えるけど、表情は険しい。その隣では澤井君がじっと誉士の話に耳を傾けていた。

「多分、その後今西さんは独自で捺生のことを調べられたのでしょうね。別宅の事なんか父に近い人なら誰でも知っているし、親しくしていた同年代の異性なんて捺生以外にはありませんから。そうでなければテレビに数分映っただけの捺生を見て私の思い人だと気付くなどありえない」

誉士が喉を潤すようにコーヒーに口を付け、すぐカップを置いた。

「どうせ、たまたま澤井さんが捺生の元彼だと知ったのをいいことに、この子を誘惑しろとか言ったのでは？　うまくいったら出世させてやるとかなんとか甘い言葉で釣って……違います？」

腕を組み、誉士が身を乗り出す。でも、今西さんに認める様子はない。

「それは、あくまで誉士君の妄想だろう？　証拠なんかないじゃないか」

「証拠……というか、証人がいるんですよ、でも、もう少しお待ちください。それよりも、そんなに娘さんを私と結婚させたいとは……ものすごい執念ですね」

軽い嫌みを言われ、今西さんがムッとする。

「あ、当たり前だろう……‼　君が我が社に入ったせいで、私が次期社長になるという可能性はなくなったんだ‼　だったら、せめて娘を社長夫人にしたいと願うのは、男親なら誰しもが思うことじゃないのか」

「姑息《こそく》な手を使っても？　でも、娘さんはそんなこと望んでないようですよ？　本人から今はアイドルグループの追っかけをしていてお見合いどころじゃないと聞いていますし、それに恋人もいるようです。アマチュアバンドをされている方で……」

誉士がこう言った瞬間、今西さんの表情が一変した。

「あんな売れないバンドマンとの結婚なんか許すわけがないだろう‼　苦労するのが目に見えてるじゃないか‼」

「それでも、私が直接話をしたところ娘さんは幸せなのだそうですよ。今西さんがしようとしていることは、娘さんの幸せを壊すことになるんです。本当にそれでいいんですか？」

「なっ……嘘だ、そんな」

興奮する今西さんに、冷静な誉士が畳みかける。

「嘘じゃないです。実はさっきまでその美歩《みほ》さんと話をしていたんですよ。今西さんが無理矢理私と美歩さんを結婚させようとしていることについて、とても困っているとおっしゃっていました。しかも迷惑をかけて申し訳ないと私に何度も頭を下げてくれて……どうか父を許してやってほしい、とも」

娘さんが頭を下げた、の辺りで今西さんの表情が変わった。さっきまで興奮で顔を赤らめていたのに、信じられないという顔で誉士を見つめている。

「ほ、本当に美歩がそんなことを……？　……いや、私は騙されませんよ、娘の事を出せば私の考えが変わるかもと思ったのかもしれませんが、そうはいきません。誉士君にはなんとしても美歩と結婚していただかないと」

今西さんの呟きに誉士が苦笑している。だめだこりゃ、という心の声が聞こえてきそうだ。

大丈夫かな、と不安が押し寄せる中、誉士が澤井君へ視線を移した。

「澤井さん。えーと、いきなりですがあなたは、今、結婚を前提としたお付き合いをされてる女性がいますよね？」

これには私も驚いて、即座に澤井君を見る。突然の指摘に、彼の顔は思い切り引きつっている。

「な……なんで、そんな……そんなわけないでしょう」

口で否定はしているものの、手にしたコーヒーカップがカタカタと震えている。

この動揺っぷり。多分、誉士が言ったことは本当なのだろう。

「でね。澤井さん。あなたの彼女も今日、ここにお呼びしてるんですよ。さっき最寄り駅に到着したって連絡があったので、もうじきかな」

誉士が何気なく言った言葉は、意外にも今日一番澤井君を驚かせたかもしれない。なんせこれまで見たことがないくらい、澤井君が真っ青になっているから。

「な……なんだって……？　あんた、なんてことしてくれてんだ……‼」

「澤井……お前、婚約者がいたのか⁉」

隣にいる今西さんが澤井君を睨みつけている。その顔を見て、澤井君がぐっと唇を噛んだ。

「なんでそんなに驚くんです？　彼女、あなたが大好きな社長の娘さんじゃないですか。彼女と結婚すれば逆玉ってやつですよ。それを望んで前の職場でも重役の娘さんに的を絞って声をかけていたんじゃないんですか」

「ふっ、ふざけんな‼　社長の娘ったって、あの子の父親がやってるのは鰻屋《うなぎや》の社長だぞ‼　お、俺は……昔っからにょろにょろしたものは食べるのはおろか、見るのも大嫌いなんだよ‼」

すっかり敬語が消えて本性が出てきている澤井君だが、ここへきてまた意外な物が出てきた。鰻。

「なんで。鰻、美味しいのに……」

「うるせえ嫌いなもんは嫌いなんだよ‼」

鰻が大好きな私からすると信じられないけれど。思わず口にした言葉に澤井君が噛みついた。が、このすぐ後。

「ええー？　でも、久司君うちの鰻なら食べられるよね？」

ここにいる三人とは明らかに違う声音がした。反射的に澤井君の顔を見たら、まるで幽霊でもみたかのように微動だにせず凍り付いていた。

私達の前に姿を現したのは、小柄で目が大きく、さらさらストレートなロングヘアの可愛い女性だった。着ている服も持っているファー素材のバッグも、ピンク。

「ああ、すみません。突然お呼びして」

「いえいえ～。むしろ澤井君に合わせていただいて感謝です」

誉士が素早く席を立ち、女性に向かって会釈していた。女性はそれに微笑み、スタッフが用意した椅子に腰を下ろした。

「うふっ。久司君元気だった？　最近全然連絡つかないから心配したんだよ？」

のところで首を傾げ、嬉しそうに澤井君を見つめている。

「あ、ああ……まあ……」

会えて喜ぶ女性に反し、なんだか澤井君は怯《おび》えているようにも見える。彼女が来てから目の焦点が合っていない。

「あっ、ご挨拶がまだでしたね。私、五十鈴凜々花《いすずりりか》っていいます。澤井君とは知人を介した合コンで知り合って、それからお付き合いをしています。実家は結構歴史ある鰻屋さんなんですよ～。よかったら皆さん食べに来てください」

凜々花さんが手にしていたピンク色のバッグからこれまたピンク色のお財布を取り出した。そこからショップカードのようなものを抜くと、私と誉士、そして今西さんの前に置いてくれた。今西さんもカードに視線を落とし、言葉を失っている。

鰻屋さんの名前は初めて聞くところだったが、ショップカードの裏にはそれぞれの店舗名と住所が書いてあった。どうやらご実家は鰻屋を数店舗経営しているらしい。

「で、こちらの古寺さんからお話を伺ったのですが、久司君、古寺さんの彼女さんに横恋慕してるんですって？　いくら上司に頼まれたからって、そんなことしちゃだめだよう？」

「なっ……おまえ‼　なに言ってんだ‼」

澤井君が青ざめながら慌て始める。

「だって、前に言ってたじゃない。すごくワンマンで社員から嫌われてるお偉いさんから頼まれ事して断れないって。それのことだったんでしょう？」

これにいち早く反応したのが今西さんだった。

「……へえ……ワンマンで、社員から嫌われてる、ね……へえ……」

隣にいる澤井君を見る目が怖い。

「い、いやあの、今西常務……」

「人望なくて社長になれないからって、自分の娘を御曹司と結婚させようとしてる残念な上司って言ってたじゃない？　そんな人の言うこと聞かなくていいのに、って私は止めたんですよ～？　それなのに本当にやるなんて。よっぽど弱みでも握られて脅されたかしたんですかねえ？」

凜々花さんが首を傾げる。その姿は可愛らしいけど、さりげなくとんでもないことを暴露していることに彼女は気付いていないのか。

その証拠に、今西さんの顔は怒りで真っ赤だし、澤井君は真っ青だ。

「澤井……お前……」

今西さんがなにかを言おうとする。それを、咄嗟に澤井君が遮った。

「ちょ、ちょっと待ってください!!　彼女、なにか勘違いしてるんですよ!!　俺がそんなこと言うわけないじゃないですか!!」

必死で今西さんに弁解する澤井君に、また凜々花さんが迫る。

「ええ？　勘違いなんかしてないよお!!　その上司さんって裏でパワハラとセクハラがすごくて有名なんだって。でも直属の上司の恩師だから出世の為には媚《こ》びておかないとって久司君困ってたじゃん。でも、そんな人の言うこと聞いて、久司君までなにかに巻き込まれたら大変だって思ってたの～」

凜々花さんが心配そうに澤井君を見ている。その澤井君と今西さんの顔は、真っ青だ。

今の話を聞いて、誉士が愉快そうに口の端を上げた。

「……へえ？　パワハラにセクハラ……興味深いワードがいろいろ出てきましたね」

「いやっ……ち、違う‼　誤解だよ誉士君、私がそんなことをするわけ……す、少なくとも君の婚約者に手を出そうとしたのは澤井が勝手にやったことだ‼　私は知らん‼」

「は……はあ⁉」

今西さんがここへ来て保身に走った。それを受け、澤井君の顔がわかりやすく歪む。

「なに言ってるんすか⁉　今西常務が捺生を誘惑しろって言ったんじゃないですか‼　つい数日前だって早く落とせって俺を恫喝《どうかつ》しましたよね⁉　ここへ来てその態度はないんじゃないですか⁉」

「な……なんだと‼　お前、誰に向かってそんなことを……‼」

顔を真っ赤にして、今西さんが澤井君と対峙する。それでも澤井君は怒りが収まらないらしく、表情は険しいままだ。

目の前で仲間割れが始まり呆気にとられていると、誉士が「落ち着いてください」と場を収めた。

「残念ながらパワハラの件は私の耳にも届いているんです。でも、セクハラの件は初めて聞きましたけど。どちらにしろ査問にかける必要がありそうですね。ああ、もちろんそんな重役の娘さんとの縁談はうちの一族が納得するわけがありません。これでもう縁談のことは諦めていただけますよね？」

「さ……査問……」

査問という言葉を聞いた途端、今西さんから勢いが失せた。縁談のことなど全く聞こえていない様子で、ガクンと項垂れている。

そんな今西さんをじっと眺めたあと、誉士が澤井君に視線を移した。

「さて、澤井さん」

「な、なんです……？」

今西さんが戦意喪失したのを見てか、澤井君の強硬な態度が少し和らいでいる。

「今後一切捺生に手を出すのはやめてくださいね。いくら今西さんに唆《そそのか》されたとはいえ、にょろにょろ嫌いなあなたは、あわよくば凜々花さんから捺生に乗り替えたいっていう思いがあったんじゃないですか？」

「えぇっ……!?　久司君ひどい!!　だから最近連絡くれなかったの!?」

凜々花さんがぷうっと頬を膨らませた。怒っているみたいだが、本気で怒っているように見えないのはなぜだろう。

「う……うるさいな。べつにいいじゃないか!!　とにかく鰻屋は嫌なんだよ、俺は!!」

「そんなこと言って〜。社長になれるの嬉しいくせに〜」

凜々花さんが澤井君を見て微笑む。そんな彼女に澤井君が厳しい視線を送る。

二人をまあまあ、となだめつつ、また誉士が口を開いた。

「で、澤井さん。捺生から離れると約束してくれますか？」

「そんな約束……‼　つーか、古寺さん、あなた社長の息子ならもっといい相手がいるだろう⁉　なんで捺生なんだよ⁉」

「なんでと言われても……私はずっと捺生のことが好きなので、理由なんか考えた事がないですね」

こんなことをあっさり言えちゃう誉士がすごい。ていうか、照れる。

私は誉士の隣でいたたまれなくなる。

「くっそ……」

澤井君が悔しそうに視線を落としている中、誉士が「あ、そうだ」とスマホを出して、スッスッと画面をスワイプしている。

「そういえば、この前、捺生と動物園に行ったんですけど、ほら」

誉士がスマホの画面を澤井君に向けて見せる。反射的にそれを覗き込んだ澤井君が、なぜか「ひっ」と声を上げ、画面から逃げるようにベンチシートに飛び乗った。その勢いに、抜け殻になっていた今西さんがビクッとする。

「なっ……捺生‼　おまえ、なんてものと一緒に写真を……っ！」

「へ？　ああ、ビルマニシキヘビを首に巻いたときの？　いいでしょ〜〜！　この子綺麗なレモンイエローで手触りもつるつるでね〜」

私が当時のことを説明しようとすると、澤井君がそれを両手を突き出し思いっきり拒否した。

「やめろ‼　そんなものを首に巻くなんて、しっ……信じられない‼　おまえ、馬鹿だろ‼」

「澤井君に言われたくないいんだけど……ていうか、もしかして本気で嫌がってる？　澤井君蛇も嫌いなの？」

最初は冗談……とまでは思わないものの、ちょっとリアクションが大げさなだけかと思っていた。でも、どうやらそうではないらしい。本気で震えている。

そんな澤井君を、凜々花さんは愛おしそうに眺めている。

「も〜、久司君本当ににょろにょろ嫌いだよね〜テレビの画面に出るだけで震え上がってるもんねぇ〜でも鰻は可愛いよね？」

よしよし、と凜々花さんが立ち上がり澤井君の背中を撫でても、澤井君は意に介していない。

「嫌いに決まってんだろ‼　鰻だって可愛くねぇわ‼　しかもそのぶっとい奴、確か、人を丸呑《まるの》みにすることだってあるんだろ⁉　そんなのを首に巻いて喜んでるなんて、捺生変だぞ‼　そっ……そんな女だと思わなかった‼」

澤井君の言葉に、私の中のなにかが反応した。

「え、じゃあ……私のこと嫌いになった？　もう結婚してくれとか言わない？　私の前に現れないでくれたりする？」

「当たり前だ‼　こっちこそお断りだっ‼　二度と俺の前に現れるな‼」

食い気味で私に捨《す》て台詞《ぜりふ》を吐き誉士をひと睨みした澤井君は、すっかり冷めてしまったコーヒーを飲むことすらせず、そのまま席を立ってしまった。

よほどあの写真に衝撃を受けたようだ。

「ああ……もう、久司君たら。すみません、じゃあ久司君の分も私が払いますね？」

凜々花さんがピンク色の財布を出そうとするのを、誉士が止めた。

「いえ、ここは私が。今日はお忙しい中お越しいただきありがとうございました。凜々花さんのお陰で助かりました」

これに対し、凜々花さんがしおらしく頭を下げた。

「ありがとうございます……でも、久司君が彼女さんにご迷惑をおかけしたのは事実ですから……本当に申し訳ありませんでした。今後は私がしっかり監視しますので、どうかご安心くださいね。では～」

凛々花さんは席を立つと、私と誉士に何度も頭を下げてから店を出て行った。それから間を置かず、今西さんも立ち上がり誉士に力なく「申し訳なかった」と謝罪をしてから店を出て行った。

この場に私と誉士だけになり、やっと緊張から解放された。

ジンジャエールをちびちび飲んで脱力していたら、隣の誉士の肩が震えていることに気づく。

――ん？　なに？

無言で隣を見たら、誉士が口元を押さえて笑っていた。

「……あの。なんで笑ってんの……？」

尋ねたら、誉士が涙目になりながら理由を教えてくれた。

「……っ、いや、だって……どんなに言っても捺生を諦めなかったのに、蛇と一緒に写ってる写真見ただけで諦めてくれるとは……まさかの展開に拍子抜けして……」

「ま、まあ……そうよね……まさかあの写真のお陰で解決するなんて、私も想定外だったわ。ていうか、誉士、澤井君がにょろにょろ嫌いなの知ってて彼に見せたの？」

「ああ、まあ。凛々花さんからその辺りちらっと聞いていたので、もしやと思ってね。しかしいいタイミングで動物園に行っておいてよかったよ」

「だね……」

私もびっくりです……

「ま、でもよかった。これでもうあの人、捺生の前に現れなさそうだから」

誉士がようやくアイスコーヒーを飲み出したとき、私達のテーブルにまた足音が近づいてきた。誰かと思ったら細田さんだった。

「あれ？　帰っちゃいましたよね、例の人！　話はどうなったんですか？」

「細田さん。無事に終わったよ。多分もう澤井君がここに来ることはないと思う」

こっちは安心しきっていたのだが、細田さんはそれを知り途端に残念そうな顔をする。

「そうなんですか⁉　あと、ちょっと気になったのが可愛い女性も少し後に出て行かれましたよね？　まさかあの女性って……」

「あー……うん、澤井君に結婚申し込んでる女性らしいよ？　澤井君は嫌がってたけど、なんか……うん、あの雰囲気だとあのまま結婚しちゃうような気がするなあ、あの二人」

「ええ‼　うっそ——‼」

細田さんはさっきまで澤井君達が座っていたベンチシートに手を突き、がっくりと項垂《うなだ》れていた。

どうやら彼女は私達が思っている以上に澤井君を気に入っていたらしい。

本気で落ち込む細田さんを前にして、私と誉士の二人は唖然《あぜん》として、その様子を見守ったのだった。

「細田さんは、人としてダメな人の方が魅力を感じるんですって」

職場のダイニングカフェを後にした私と誉士は、彼の運転する車で帰路に就いていた。さすがに細田さんの前ではなにも言えなかった誉士も、私と二人になった途端、我慢の限界とばかりに澤井君のことを話し始めた。

「ダメっつーか……あの人自己中にもほどがあるだろう。今西さんに唆されたとはいえ、今の捺生が可愛いからって本気で口説きにいくとか……凛々花さんが不憫《ふびん》すぎる」

せっかく綺麗に整えていた髪を手ぐしで乱し、ネクタイも緩めてすっかりリラックスモードの誉士は、口もリラックスモードのようだ。

「まあまあ、もういいじゃない。多分あれは完全に私のこと嫌いになったっぽいしね。これでもう店に来ることもないでしょ」

「だろうね。でも、本当に今回はいろいろな偶然が重なってこういうことになったのが、今でも不思議なんだ」

髪をかき上げながら、誉士が前を向いたまま頷いた。

「実は俺、当時社内コンプライアンスに関する部署に所属していた関係で澤井久司の名前は知ってたんだ。あの人、上司にはへつらうけど部下にはそっけなくてたまに恫喝するもんだから、何件か社員から通報もらってて。とにかく社内での評判は悪かった。前の職場も結局のところ居場所がなくなった原因は女性関係のトラブルだけじゃないらしい。これは、澤井の元勤務先に勤める友人から聞いた話だけどな」

「そうなんだ……。でも、この前カフェで偶然会ったときもさっきも、澤井君誉士が名乗るまで誉士が誰なのかわかってなかったよね？　一時的とはいえ同じ会社にいたのに知らなかったのかな」

「ああ、俺、出向中は髪型が今と違ってたから。長髪を一つ結びにしてたんだよね。それに澤井の部署ともフロアは違うし、会うことはほとんどなかった」

「そうなんだ……っていうかうっそ。長髪の誉士見てみたかった」

　イケメンだから長髪も似合うだろうな、なんて想像している中、誉士が再び口を開く。

「そういうこともあって、一応彼のことは前職でのトラブルも含めて知っていたんだ。それが、たまたま食堂で同じく社内からパワハラの報告が上がっていた今西さんと話しているのを目撃してしまって」

「……例の、テレビのやつ……？」

　誉士が静かに頷く。

「そう。捺生の名前を奴が口にしたとき、俺もついテレビに釘付けになった。すぐあの捺生だとわかったよ。大人になった今の姿に衝撃を受けたのは俺も同じだった。まさかテレビで見ることになるとは思わなかったけど、思ってた以上に綺麗になってたから驚いたんだ」

「えっ……ちょ、ちょっとなに？　急に褒められると照れるんだけど」

　誉士はクスクスと笑い、私の肩をポンポン叩いた。

「最初はまさかこんな奴が捺生と付き合ってたなんて信じられなかった。でも、澤井の自信満々な様子からして嘘とも思えなくて。しかも今西さんに「連絡してみたら」なんて言われてヤツがその気になっているのを見たら、いてもたってもいられなくなった。澤井が捺生と会って親しくなるのはなんとしても阻止しなくてはならない。そう思ったから俺は、急遽親を説得して一人であの別宅に戻ることに決めたんだ。早く捺生と再会したくて」

　そんな経緯があったとは……

　誉士の引っ越しに自分が関係していたことに驚きつつ、私の為にすぐ行動した誉士の勇敢さとその気持ちに胸が熱くなってきた。

　自分がもし誉士の立場だったらどうだろう。すぐに行動できただろうか。

　それを考えると、誉士のすごさが身に沁《し》みた。

「わ、私の為に……ってこと？　た、誉士……無理したんじゃないの？」

「いや、無理はしてない。ただ、澤井や今西さんに関することを、うちの親の知り合いに調査を依頼した関係で本宅に行く機会が増えてしまって。あまり帰ってこれなくて捺生に心配かけた。そこは、ごめん」

「謝らなくっていいよ。私は誉士の体が心配だったから。元気ならそれでいいんだ」

本音を漏らしたら、誉士が「……ありがとな」と呟いた。

「それにしても凜々花さんはなかなかインパクト強かった。最初は、この小柄で可愛らしい女性があの澤井とどう付き合うのかがわからなくて、彼女があそこまで澤井と結婚したがるのが不思議でならなかったんだ。でも、今日二人が一緒にいるところを見てなんとなくわかった。表面上は合わなそうだけど、深いところでお互い、いい感じにハマる部分があるのかなと」

明確にここが合う！　とは言えなくても、一緒にいて楽だとか、楽しいとか、本人達にしかわからないなにかがあるのかもしれない。

それは私も同じように感じた。

「あと、澤井が彼女に強く出られないのはきっと、澤井以上にいい意味で話が通じないタイプなんだな、彼女は」

「あ。それ、私も思った……凜々花さんは、多分、澤井君のとげとげしい言葉も自分のいいように解釈して受け止めるのが上手いんだなって……だから澤井君としては、話が通じなくて余計イライラするのかもしれないけど……あ、鰻の件もあるか……」

でも、一周回ってああいう人の方が澤井君と上手くいく気がする。まあ、その辺りがどうなるかまで見届ける気は全くないけれど。

「でもこれでやっと心配事がなくなったな？　捺生」

「あっ？　うん。本当に誉士にはなんてお礼を言ったらいいのか……ありがとう。私のこと気にかけてくれて」

「言っとくけど、澤井がヤバい奴だから付き合うのを阻止したかったわけじゃないからな？」

「え？　違うの？」

さっきの流れだと完全に澤井君がヤバい奴だから、に聞こえたけど。

聞き返したら、ハンドルを握る誉士が少しだけムッとした。

「違わなくもないけど、そうじゃないだろ。捺生と結婚するのは俺だからだよ」

「……誉士」

「本当ならもっと社会人としての経験を積んで、捺生にいつまでも弟じゃない、俺はもう大人の男なんだよ、ってところをはっきり見せたかった。それからプロポーズするつもりだったのに、全部澤井のせいで予定をだいぶ前倒しすることになってしまった。ほんと、あの男ろくなもんじゃない……」

ブッブツ文句を言っている誉士だけど、その文句すら私には愛の言葉に聞こえてきた。

そこまで考えていてくれたことが単純に嬉しくて、嬉しくて。

ここが車の中じゃなければ、きっと今、私は誉士に飛びついていたかもしれない。

「……と、とりあえず……」

いろんな欲望を抑え込んで、誉士の方に顔を向けた。

「とりあえず、なに？」

なんだ？　とこっちを窺う誉士。そんな彼の空いている手に、自分の手を重ねて絡めた。

「あとで、長髪の頃の写真見せて」

「……そっちかよ」

誉士がガクッと脱力した。


帰宅して荷物だけ自宅に置いた私は、母が作ったお惣菜《そうざい》を持って古寺家に行った。

「写真ってっても、普段あんまり撮らないからこれくらいしかなかったけど」

私が古寺家に来る間に、誉士がパソコンの中に保存されてた少し前の画像を見つけ出してくれた。

その中にあったのは、確かに肩くらいまでの髪を一つにまとめて結んでいる誉士の姿だった。今のこざっぱりした誉士とは全然印象が違い、ちょっとチャラい感じもする。でも、そこはやはりイケメン。これはこれで似合っている。

「本当にロン毛だ……」

「仕事中はこんな感じで、髪を一つにまとめてたんだよ。あと近眼なんで眼鏡もかけてたし、部署以外の人とは関わらないようにしてたから、気がついたら怪しまれてて誰も近づいてこなかった。でも捺生には見せられないなと思って、引っ越す前に髪を切って、眼鏡もコンタクトに変えたよ」

「そうなんだ……意外と気づかれないものなのね……」

写真を見るのは早々に終了。お腹も空いたことだし、ダイニングテーブルに私の家から持ってきたタッパーを広げ、二人で向かい合わせに座った。

「じゃ、乾杯」

缶ビールで乾杯した私達は、そのままそれをお供に夕食タイム。

母が作っておいてくれたのは肉じゃがやきんぴらゴボウ、それと豚の角煮など我が家定番の家庭料理ばかり。

それを誉士はどれもうまいと言って喜んで食べてくれた。

「角間家の味って好きなんだよな。昔、何回かお邪魔して食べた味が未だに忘れられないんだよ、俺」

「へえ、そう？　でも、私も誉士の家の味好きだけどなあ。おば様の作る焼き菓子とか、すっごく美味しかったもの。あの頃、おば様ならお菓子屋さんになれると思ってたくらい」

「まあ、そういう仕事だしな」

パクパクとハイペースでお惣菜を食べ進めていた誉士が、さらりと明かした。

そういえば、古寺のおば様が仕事をしているのは知っているけれど、どんなことをしているのかは聞いたことがない。

「あのさ。古寺のおば様ってなんのお仕事してるの？　てっきりKDR関連の仕事をしてるんだとばかり思ってたんだけど、違うの？」

「あれ？　言ってなかったっけ？」

「聞いてない」

「あー、ごめん。うちの母親フードコーディネーターやってるんだ。カタカナでコデラタカコ、っていうの」

言われてすぐ、頭の中が真っ白になった。しかもその名前には聞き覚えがある。

「……へっ？　コデラタカコ……どこかで聞いたことある……」

たしかうちにもその人のレシピ本が何冊かあったような。

「たまにレシピ本出したりしてるし、最近はテレビ番組に呼ばれることもあるみたいだけど。昔から土日関係なく仕事で、そのせいもあって俺は角間家によくお邪魔することになったんだけど」

誉士が喋《しゃべ》り続けているけれど、全然頭に入ってこない。まさかそんな有名な人が私のすぐ近くにいただなんて、結構衝撃的な出来事だった。

誉士と再会してからというもの、驚くようなことばかりだ。

思わず脱力して、大きくため息をついた。

「ほんと……誉士って私を驚かせてばっか……」

「……そう？　疲れる？」

「ちょっと。でも、好きだから許せちゃう」

もぐもぐしていた誉士が、私の返事を聞いてふっ、と笑みを漏らす。

「よかった。ここへきて捺生に嫌われたら、もう生きていけないから」

「嫌うわけないでしょ……こんなに好きなのに」

「わかった。じゃあ、その辺りはこのあとじっくり聞こう」

一旦食べる手を止めた誉士の言わんとしていることは、すぐに理解できた。

仕事帰りだし、できれば先にシャワーを……と申し出たら、なぜかバスルームに誉士もついてきた。

「なんで一緒……？」

軽くシャワーを浴びて体を洗ったあと、誉士に体を預ける格好で広い湯船に浸《つ》かった。

「そりゃ、今日は澤井との話し合いで気力も体力も使ったから、俺もゆっくり体を休めようと思ってね」

「そのわりには、手が……」

誉士の手は今、私の胸の上にある。背後から回された大きな手のひらで、乳房をやわやわと揉んでいる状態だ。

「頑張ったご褒美もらわないと」

「調子いいなあ」

肩越しに背後の誉士の方へ顔を向けると、すぐ近くにあった彼の顔が近づいてきてキスされた。

「ん……」

お互いに舌だけ出して絡め合う艶めかしいキスの後、今度は誉士がぐっと顔を寄せ、噛みつくようにキスをしてきた。

「あっ、はあっ……！」

激しいキスに呼吸もままならない。顔を斜めにしたり、少し口をずらしたりしてどうにか酸素を取り込もうとするけれど、すぐに誉士が追いかけてきて口を塞がれてしまう。

「んっ、ま、待って……」

「いやだ。待てない」

キスとともに、胸を揉んでいた手の動きも荒々しくなる。ぐにゃぐにゃと形が変わるほど激しく揉まれ、途中乳首だけをきゅっと指で摘まれて体がビクンと反応してしまった。

「かわいい。気持ちいい？」

一旦唇を離し、耳元で囁かれる。その声だけで下腹部がジンジンして、蜜が溢れだした。

「……っ、きもち、いいっ……」

「どうする？　もうベッド行く？」

首筋に何度もキスをしながら、誉士が尋ねてくる。それにうん、と返事をしたら、彼は私の腕をつかんで湯船から立たせた。

「行こう」

脱衣所で体を拭いてタオルを体に巻き付けると、いきなり体がふわっと浮いた。

「ちょっ……！」

「捺生、意外に軽いな。ちゃんと飯食ってる？」

なんの前触れもなく誉士が私の足をすくい上げ、いわゆるお姫様抱っこをされる。

「た……食べてるよ！　ほら、立ち仕事は結構ハードだから……」

「もっと食ったっていいと思うぞ。倒れでもしたら大事だからな」

私を抱き上げたまま脱衣所を出た誉士が、寝室がある二階の階段とは違う方へ歩いて行く。

「どこ……行くの？　寝室は二階じゃ……」

「ああ、部屋余ってたから一階にも寝室作ったんだ。捺生が来たときいちいち二階に上がるの面倒だから」

「ええ、忙しいのにいつ……」

「こういうことに関しては疲れとか関係ないから」

クスクス笑いながら誉士が向かったのは、一階の一番奥にある部屋だった。広さは八畳ほどで、低いセミダブルくらいのベッドが一つ置いてあるだけの殺風景な部屋だ。

「昔客間で使ってた部屋なんだけど今度からここを寝室にしたんだ、だから」

誉士が私をベッドに下ろし、すぐに覆い被さってくる。

「鍵渡すから、いつでも夜這いに来いよ」

私の体に巻き付いていたバスタオルを取り去り、首筋に誉士の熱い唇が押しつけられる。

「んっ……」

湯上がりだからなのか、いつもより唇が熱いような気がする。

「捺生の肌、まだ湿ってて吸い付きがいい」

少し弾んだ誉士の声を耳にしながら、肌を滑る唇の感触に身を捩った。

「く……くすぐったいよ……」

「わかった。じゃあ、気持ちよくしてやる」

体をずらし、誉士が私の乳房の間に顔を埋めた。その状態のまま両手で乳房を中央に寄せ集めて、隆起した膨らみの頂上を舌の先でツンと触れてくる。

「あっ！」

敏感な箇所に触れられ腰が跳ねた。それをじっと上目遣いで窺っていた誉士は、片方の乳首は指で摘まみ、もう片方を口に含んでじっとりと舐《ねぶ》った。

「はあっ……あ、や、やあ……っ」

「いやなのか？　でも、ここは喜んでるみたいだけど。どんどん固くなってきてる」

固さを増す乳首を指で優しく弾かれる。度重なる愛撫に、私はすっかりまともな会話が出来なくなっていた。

「あ……っ、は……あっ……」

胸をいじられるたびに、下腹部がせつなく疼いて止まらなくなる。太ももを擦り合わせても身を捩っても、それを止めることができない。

――挿《い》れて……ほしい……誉士が欲しい……

頭の中はこれでいっぱい。そんな私の様子に気づいたのか、誉士が下腹部に手を伸ばした。指は、すぐに繁《しげ》みの奥へ触れてきた。蕾を一撫でして、蜜壺につぷりと差し込まれる。

「捺生、すごい……溢れてきてる……」

驚き混じりの声に、かあっと顔が熱くなった。

「や、やだ……」

「なんで。いいじゃん。もっと感じろよ」

蜜壺に差し込まれていた指が、蜜を纏わせ私の中を前後する。はじめはゆっくりだったその動きは、すぐ性急になった。指の動きが激しくなると、じわじわ生まれ始めていた感覚が、私の中で一気に大きくなっていく。

「あ、あ、あっ……‼　待って、待って……‼」

誉士の腕を摑んでお願いしても、手の動きは一向に速度を落とさない。誉士も無言のままだ。

このままだと達してしまう……と思うや否や、すぐだった。

「あっ……あ！　だめ、イクッ………い、いっちゃ……あああっ‼」

目の前がチカチカして、私の中でなにかが弾けた。

足先がピン、と伸びたあと、きゅうっと締まった下腹部がまだ中にいる誉士の指をきつく締め上げていた。

「気持ちよかった？」

私の中から抜いた指をペロッと舐めながら、誉士が膝立ちになった。

唯一腰に巻き付いていたバスタオルを取り、ベッド脇に仕込んでいた避妊具を猛々しくそそり立ったものに被せていく。

「いい？」

誉士からの合図に、目を合わせて無言のまま頷いた。彼は私の股間にそれを押しつけ、ゆっくり挿入していった。

少しずつ私の中に侵入していく誉士の存在感に、浅い呼吸をしながら集中した。

熱くて、大きくて固いものが、今、私の体の深いところにいる。

それがこんなに嬉しいなんて。

好きな人と一つになれる感覚に、改めて全身で幸福を感じた。

「あ……あ……っ」

「やば……捺生の中、温かくて気持ちいい……」

誉士が目を瞑《つぶ》り、はあっ、と熱い息を吐き出した。

深いところまで挿入したあと、誉士がキスをしてきた。

「捺生、愛してる」

「わ、私、も……」

愛してる、と言おうとしたのに、その言葉は誉士が呑み込んでしまった。

強めに押しつけられた唇からすぐに舌が差し込まれ、口の中を余すことなく味わい尽くす。

「ん、ふ……あっ！」

キスはまだ続いている。そこへさらに腰を打ち付けられて、思わず声が出てしまった。

「た、たか……」

「黙って」

誉士は腰の動きを止めることなく私を追い立てる。キスを終えると、今度は乳首を口に含み甘噛みされる。ピリッとした快感が走ると、腰の辺りがまたむず痒《がゆ》くなる。

さっき達したばかりなのに、また気持ちよくてたまらなくなってきた。

「あ、あ、だ、だめっ……そんな、ことしたら……っ」

またイっちゃう。

でも、言わなくても誉士はわかっているようだった。

「いいよ、何度でもイけよ」

「……っ、だめ、私、ばっかりっ……」

自分ばかりが気持ちよくなるのがなんだか申し訳なく思えて、首をぶんぶん横に振った。

「なんで。いいよ。俺は捺生を気持ちよくさせたい」

「たか、しっ……」

そんなこと言われたらもう自分を制御できなかった。

激しく腰を打ち付けられ、胸への愛撫も継続で。私はたやすくまた達しそうになってしまった。

「い……いっ、ちゃい、そっ……」

激しいけど、決して乱暴じゃない。優しいけど、決して弱いわけじゃない。

誉士は絶妙なタッチで私に触れ、確実に絶頂へと連れていってくれる。

これが上手い、ということなのだろうと思い知らされる。

——誉士……っ、こんなのどこで身につけたの……!?

そう疑問に思うのも仕方ないと思う。それくらい、誉士の愛撫は私をおかしくさせた。

今自分がどんな風によがっているのか、どんな表情をしているのかがまったくわからない。でも、もうなんでもいい。

今は誉士と一つになって、ぐちゃぐちゃに混ざり合ってしまいたい。

私の頭の中にはこれしかなかった。

「いいよ。一緒にいこう」

私の耳に顔を寄せた誉士が囁く。

一緒に、という言葉に激しくキュンとしていると、私を追い立てていた誉士の動きが一層激しくなった。

「はっ……あ、あ、あっ……‼」

思考を手放す、ってこういう感覚なんだろうな、と初めて思った。

誉士によって揺さぶられている間、なにも考えることができない。ただお互いの絶頂を待つのみ……という状態がどれくらい続いただろうか。

永遠のように思えたけど、実際はさほど長くなかったような気もする。

「や……、あっ、ああああっ――……!!」

絶頂に達し私が体を反《そ》らせると、誉士が腰をひときわ強く私に打ち付けた。

「はっ……あ、あ……っ！」

最奥に達したまま、誉士が体を震わせた。私のナカで脈打ちながら精を吐き出したあと、脱力し私の上に倒れ込んできた。

「捺生……」

私の体に腕を絡め、甘えるような声を出している誉士は、昔とは大きさが全然違う。でも、懐いてくるこの感じはどこか懐かしい。

「誉士……好きよ」

頭をなでなでしたら、誉士が私の頬に唇を押しつけてきた。顔が触れあうたびに髭《ひげ》がこすれて、こればかりは昔と違いすぎる……と笑いそうになったことは、誉士には言わないでおいた。

第六章　それからのわたしたち

澤井君とのことがようやく落ち着き、私に平穏な日々が戻ってきた。

なんせ、職場に澤井君が来ないというだけで気持ちの持ちようが全然違う。そのことに改めて驚かされた。

ただ、細田さんだけは「残念……」とがっくりしていたけれど。

早番の終わりに休憩室で遭遇した細田さんに、その辺りを経験者である私が語る。

「いやいや、本当にやめた方がいいよ。あの人超面倒くさいから」

着替えを終えてタイムカードを押し、細田さんにダメ出しをする。もう何度目かわからないダメ出しに、細田さんがはあ〜とため息をついた。

「だって、本当に顔だけはタイプだったんですもん……なかなかドストライクの人って巡り合わないから貴重なのに」

「いくら貴重でもやめときなって。ていうか、多分あの凜々花さんっていう方と結婚するんじゃないかなあ……澤井君」

「そんなにいい感じだったんですか？」

休憩中の細田さんがお菓子をポリポリと食べながら尋ねてくる。

「うん、澤井君にはああいう人が合ってると思う。というより、彼女みたいな人じゃないと上手くいかないような気もする」

そこのところをどう説明するかがいまいち難しい。でも、細かく説明する必要はなかったようだ。

「うーん、元カノである角間さんがそう感じるなら、きっとそうなんでしょうね。なんだ～、そっか……」

がっくりと項垂れている彼女だが、きっとすぐいい男性に巡り会うと思う。

澤井君みたいな変な人じゃなく、もっとちゃんとしてて、彼女のことを愛してくれる素敵な男性が絶対にいるはずだから。


実はつい先日。誉士のご両親が住む本宅に、誉士と二人で挨拶に伺った。

引っ越す前までずっと誉士が住んでいた本宅は、想像していたとおり豪邸だった。綺麗に整えられた植栽で埋め尽くされた広い庭の奥にそびえる、白亜の邸宅。別宅とはまたイメージがガラッと違うが、こっちもまた素敵なお宅だった。

本宅というだけあって家の大きさは別宅の倍以上。ここに今住んでいるのが、誉士のご両親とお祖母様の三人。そこにお祖母様のお世話をする女性が一人いるのだという。

古寺のおじ様とおば様は顔見知りなので、本宅で会ってもさほど緊張はしなかった。でも古寺家の長であるお祖母様の前では、緊張で少し震えた。

足が悪いというお祖母様は、家の中でも車椅子生活なのだという。

『ごめんなさいねえ、こんな足だからきちんとしたご挨拶もできなくて……』

車椅子の上で申し訳なさそうにしているお祖母様に、こっちはとんでもないです、と恐縮するしかなかった。

もっと怖い人なのかと思っていたけれど、実際会ってみたらとても優しい方だった。その辺りを後で誉士に尋ねたら、あんな感じになったのはここ数年なのだという。

『昔はもっときっっっつい人だったんだけどな。祖母の意志は絶対‼　だったし。でも、家の階段で転んで足骨折してから嘘みたいに丸くなったんだ』

そうでなければ、跡継ぎの自分が本宅を出て別宅で一人住まいをすることなど絶対に許さなかっただろう、と誉士が苦笑していたっけ。

でも、本宅に到着してすぐに近づいてきたおじ様の秘書さんや、お祖母様付きの家政婦さんが「誉士様」と口にするたび、誉士は本当に御曹司なのだなあ、と改めて思い知ることになった。

——本当は私と住む世界が違う人、なんだよねえ……

しみじみそのことを考えながら帰宅。すると、玄関に家族以外の靴があることに気づく。

「あれ。もしかして誉士？」

期待しながらリビングに顔を出すと誰もいない。じゃあこっち？　と今度はダイニングに行ってみたら、普通にうちのダイニングテーブルで食事をしている誉士がいた。

「捺生、お帰り。お邪魔してるよ」

にこにこしながら、母が作った煮物を食べている誉士に、ガクッと肩の力が抜けそうになった。

「あ……う、うん。ていうか誉士、早いね？　今日はお休み？」

「うん、順調に仕事が片付いたからさっさと上がったんだ。今日は、捺生のご家族に見せたいものがあったから」

「見せたいもの？　なに……？」

誉士に尋ねつつ、ダイニングテーブルの端っこにいる母に視線を遣る。母が本や新聞を読むときしか使わない老眼鏡をかけて見入っているのは、ハワイと大きく書かれたパンフレットだった。

「お母さんなに見てるの」

「それがねえ、誉士君が捺生との結婚式を海外で挙げるのはどうかって言ってくれて！」

パンフレットをテーブルに置いた母の顔は、嘘みたいにゆるゆるだ。こんな母の顔を見たのはいつぶりだろうか。

「え……ええ？　海外？　ちょっと、誉士いいの？　それに海外でなんて、お金もかかるのに」

「旅費は全部俺が持つから費用のことは気にしなくていいよ。行き先は捺生が決めてくれないか」

食事の手は止めず平然と言ってのける誉士に唖然とする。

――け、結婚式なんてその辺の式場でやればいいくらいに思ってたのに……

「ん？　捺生どうした」

「い……いや、なんでもない……」

すごく喜んでる母を前にしたらなにも言えなくなる。どうしようか数秒悩んだけど、これも親孝行かなあ……と思えてきた。

「それと新居なんだけど。塀の一部を壊してドアを作ろうかと思ってるんだ。そうすれば捺生も実家との行き来がしやすいだろう？」

「えっ。それは……私としてはありがたいけど、いいの？　あんな立派な塀を壊しちゃって……」

「全然。俺としては角間家側の塀を全部壊してもいいくらいに思ってるんで」

まじか……と誉士を見たまましばし言葉を失った。でも、すぐに別のことが頭に浮かんできて「ちょっと待って」と誉士に待ったをかけた。

「よく考えたら、将来的には誉士も本宅に住まないといけなくなるんじゃないの？　となると隣の家に住まなくなるかもしれないのに、お金かけるのもったいなくない？」

「それはそれ、これはこれだ。そのときになったらこっちを本宅にしたっていいんだ。なんせ決めるのは将来当主になる俺なので」

別にたいしたことじゃない、という態度の誉士に、これ以上なにかを言おうという気が削《そ》がれる。

――お金持ちってたまに考えることがすごい……でも、本人がいいって言うのなら、いいか……

「わかった。またそのときになったら考えようか」

「ああ」

私の承諾を得た誉士が、今度は母と二人でパンフレットを見て、これがいい、あれがいいと意見を出し合っている。

「あらー、海が見えるチャペルも素敵ねえ。迷うわあ」

「このホテルも料理が美味しくて評判いいらしいですよ。森の中にあるチャペルも人気があるみたいですし」

「ああ、森の中もいいわね‼　どうしよう〜、選ぶの難しいわ」

パンフレットを見比べ、本気で頭を抱えている母を見て、口を挟まずにはいられなかった。

「いやあの、結婚するの私なんだけど」

しかし、二人は私に構わず話を続けている。だめだ、二人とも聞いちゃいない。

――それにしても……母と仲がいいな……

お互いに昔から知っている相手とあって、もうすっかり家族のようだ。

でも、お互いの両親が友達のように仲がいいっていうのも、結構楽しいかもしれない。

頻繁に両家で集まってわいわいしたり、そのうち孫ができたらもっと賑《にぎ》やかになるに違いない。

また子どもの頃のような楽しい日々が、近いうちにやってくる。

それを想像するだけで、わくわくが止まらない私なのだった。

あとがき

最後までお読みくださりありがとうございます、作者の加地アヤメです。

ヴァニラ文庫ミエル様で三冊目となる今作のヒーローは年下の幼なじみです。いかがでしたか？　昔は天使のように可愛かった幼なじみが、あろうことかイケメンの御曹司になって自分に迫ってきたら……という妄想で突っ走った今作ですが、元彼が酷すぎました。ネタバレになるといけないのでちょっとだけですが、彼は周りに迷惑をかけた分これからは自分が苦労するといいです……

ヒーローの誉士に関しては、昔は天使のように可愛いお隣さんで今はちょっと強引な御曹司という過去と現在でギャップのある感じにしてみました。強引っていうのもあまり酷いと傲慢になりがちで、その辺のさじ加減が微妙に難しかったです。ちなみに私は俺様というものがどうも苦手で、何度か書くことにチャレンジはしているものの、どれも途中で断念しています。多分、私の性格と俺様が合わないのだと思います……

捺生の勤務先で出しているメニューには、私が食べたいものばかり入れてみました。塩麹チキンとか美味しいですよね～。最近よく麹を買ってきて自分で塩麹にしたり醬油麹にしたり甘酒にしたりして料理に活用しているのですが、麹菌のパワーってすごいです。ちょっと漬けておくだけでお肉があんなに柔らかくジューシーになる……素晴らしい。もっと語りたいところですが止まらなくなるので、このあたりで。どうか楽しんでいただけますように。

今作は芦原モカ先生がイラストを担当してくださいました。語彙力が乏しくなるほど本当に、本当に素晴らしいです‼　先生、素敵なイラストをありがとうございました‼

担当の編集様をはじめ、この本に関わってくださった皆様に心よりお礼を申し上げます。

そして読者の皆様、いつも拙作を読んでくださりありがとうございます。早いもので商業デビューして六年が経ち七年目に入りました。

また皆様に楽しんでいただけるような作品が書けるよう頑張っていきたいと思います。

ありがとうございました。

加地アヤメ

原稿大募集

ヴァニラ文庫ミエルでは乙女のための官能ロマンス小説を募集しております。
優秀な作品は当社より文庫として刊行いたします。
また、将来性のある方には編集者が担当につき、個別に指導いたします。

◆募集作品

男女の性描写のあるオリジナルロマンス小説（二次創作は不可）。
商業未発表であれば、同人誌・Web 上で発表済みの作品でも応募可能です。

◆応募資格

年齢性別プロアマ問いません。

◆応募要項

・パソコンもしくはワープロ機器を使用した原稿に限ります。
・原稿は A4 判の用紙を横にして、縦書きで 40 字 ×34 行で 110 枚 ~130 枚。
・用紙の 1 枚目に以下の項目を記入してください。
①作品名（ふりがな）/②作家名（ふりがな）/③本名（ふりがな）/
④年齢職業 /⑤連絡先（郵便番号・住所・電話番号）/⑥メールアドレス /
⑦略歴（他紙応募歴等）/⑧サイト URL（なければ省略）
・用紙の 2 枚目に 800 字程度のあらすじを付けてください。
・プリントアウトした作品原稿には必ず通し番号を入れ、右上をクリップなどで綴じてください。

注意事項

・お送りいただいた原稿は返却いたしません。あらかじめご了承ください。
・応募方法は必ず印刷されたものをお送りください。CD-R などのデータのみの応募はお断りいたします。
・採用された方のみ担当者よりご連絡いたします。選考経過・審査結果についてのお問い合わせには応じられませんのでご了承ください。

◆応募先

〒100-0004　東京都千代田区大手町 1-5-1　大手町ファーストスクエアイーストタワー
株式会社ハーパーコリンズ・ジャパン　「ヴァニラ文庫作品募集」係

幼なじみが
極上御曹司にキャラ変して
熱烈求愛してきました

Vanilla文庫 Miel

2022年4月5日　第1刷発行　　定価はカバーに表示してあります

著　作　加地アヤメ　©AYAME KAJI 2022
装　画　芦原モカ
発行人　鈴木幸辰
発行所　株式会社ハーパーコリンズ・ジャパン
東京都千代田区大手町1-5-1
電話　03-6269-2883（営業）
0570-008091（読者サービス係）
印刷・製本　中央精版印刷株式会社

Printed in Japan ©K.K.HarperCollins Japan 2022 ISBN978-4-596-42818-9